毒殺される悪役令嬢ですが、いつの間にか溺愛ルートに入っていたようで

糸四季

23030

角川ビーンズ文庫

目 次

登場人物紹介
CHARACTER PROFILE
ノア
イグバーン王国の第一王子。本来のストーリーでは毒殺されてしまうが……？
オリヴィア
前世・美容部員の侯爵令嬢。二度目の令嬢人生で毒スキルを手に入れる。

アン

侯爵家に仕えるメイド。
オリヴィア（の財力）に忠誠を誓う。

ギルバート

イグバーン王国第二王子。
一度目の人生ではオリヴィアに冷たくあたっていた。

ジャネット

オリヴィアの義妹。

イライザ

オリヴィアの継母。

本文イラスト／茲助

プロローグ

冷たい床《ゆか》に倒《たお》れてから、どれくらいの時間が経《た》っただろう。

最初は喉《のど》のしびれから始まった。しばらくすると目眩《めまい》がして、強烈《きょうれつ》な吐《は》き気に襲《おそ》われた。

手足が痙攣《けいれん》し倒れ、いまはもう指一本動かせない。

床にこぼれたスープを食べた鼠《ねずみ》が、泡《あわ》を吹《ふ》いてひっくり返るのを見て悟《さと》った。私は毒を盛られたのだ。それはつまり、もう用済みになったということ。

私の名はオリヴィア・ベル・アーヴァイン。

国王の信頼《しんらい》厚いアーヴァイン侯爵《こうしゃく》の娘《むすめ》で、王太子の婚約《こんやく》者という、表向きは高貴な立場だった。つい十日ほど前までは。

だがいまは国の宝である聖女を毒殺しようとした罪で牢獄塔《ろうごくとう》に入れられた罪人。当然婚約も破棄《はき》され、私には何も残っていない。

何度も嘔吐《おうと》し、喉がさけ、口から血があふれ出た。長時間苦しむ毒を盛られたらしい。

私をいいように扱《あつか》ったうえにこの仕打ち。人々は私を悪魔《あくま》だと言ったが、あの人たちこそ本物の悪魔だと思う。

（どうして私がこんな目に遭《あ》わなければならないの？）

何の意味もない人生だった。利用されるがまま苦しみ続け、幸せなことなど何ひとつない塵《ちり》のような人生だった。命果てるときに、会いたい人ひとりの顔すら浮《う》かばない。

父は私の存在を最後まで無視していた。婚約者は私を捨てたうえ、罪人だと糾弾《きゅうだん》した。友もいない、騎士《きし》もいない、侍女《じじょ》すらいない、孤独《こどく》で憐《あわ》れな女。こんな私が死んだとしても、誰《だれ》も気に留める人はいないだろう。なんて虚《むな》しい。

（神よ――あなたを深く恨《うら》んでやるわ）

孤独の中、最後まで苦痛ばかりを味わいながら、私は十六年の生涯《しょうがい》を終えた。

◆

ふと気づいたときには、温かな場所にいた。

朽《く》ちた教会の祭壇《さいだん》のようなそこには、天井《てんじょう》から優《やさ》しい光が降り注いでいる。周囲は岩の壁《かべ》で覆《おお》われており、苔《こけ》や蔦《つた》などの緑で静かに侵食《しんしょく》されていた。

そして私の前には、見覚えのない少年が立っていた。

きれいな子だ。髪《かみ》も肌《はだ》も雪のように白い。身に着けている神官のような服も白く、全身が発光するように輝《かがや》いている。その神々《こうごう》しい姿はまるで――。

「そう、僕はデミウル。君たち人間が言うところの、神だ」

少年の声は、言葉は、聖歌のように清らかで荘厳《そうごん》な響《ひび》きがあった。無意識に跪《ひざまず》き、祈《いの》りを捧《ささ》げたくなるほどに。

デミウル。それは、この世界の創造神の御名《みな》だ。

天地を創《つく》り精霊《せいれい》を生んだ、この世の生命すべての父。死に際《ぎわ》に私が呪《のろ》った唯一《ゆいいつ》神。

そこまで考え、ハッとした。どうして私は生きているのだろう。あの牢獄塔で、毒を盛られ死んだはずなのに。形容しがたいほどの苦しみを、私は鮮明《せんめい》に覚えている。

「そうだよ。君は死んだ」

思わず顔を上げると、少年――デミウルは慈愛《じあい》に満ちた微笑《ほほえ》みを浮かべていた。

「……やはり、私は死んだのですね。では、ここは天の国でしょうか」

「いや。君は天には昇《のぼ》らないよ？」

デミウルの返答に、私は失望を隠《かく》せず肩《かた》を落とした。

「そう、ですよね……。当然です。私のような罪人が、天になど行けるわけがありません」

「待って待って。君は天には行かないけど、地獄にも行かないよ。君はとても苦しんだんだろう？　僕を恨む声が届いたくらいだから、相当だったんだろうねぇ」

可哀想《かわいそう》に、とデミウルはちっともそうは思っていないような笑顔《えがお》で言う。

神にとっては、ただの人間ひとりの生き死になど些細《ささい》なことなのだろう。

「だいたい、君が何をしたっていうんだろうね。確かに君は聖女のお茶に毒を入れたさ。

でもそれは継母《ままはは》に命令されたからで、君の意思ではなかっただろ？」

「どうしてそれを……」

「それなのに苦しんで死んだうえ、誰にも悲しんでもらえないなんてあんまりじゃないか。いくら悪役令嬢《れいじょう》だからって、こんなにも不幸を背負わせる必要ある？」

悪役令嬢とは、もしかしなくても私のことだろうか。

確かに聖女や彼女を守る人たちから見れば、間違《まちが》いなく私は悪役だったとは思うけれど。

「誤解しないでほしいんだけど、別に僕が君を苦しめたわけじゃないんだよ。君の魂《たましい》はね、別の世界から呼び寄せたんだ。そのせいか魂がこの世界に馴染《なじ》まず、必要以上に苦しむことになったみたいなんだよね」

それは……結局のところ、呼び寄せた神のせいなのではないだろうか。

私はそう思ったが、デミウルはその考えにはまるで至らない様子で続ける。

「僕のせいじゃないのに恨まれるのも気分が悪いし、やっぱり可哀想だし、君の魂を救うことにしたんだ」

「魂を、救う……？」

「僕は慈悲深い神だからね。君に幸せになる機会を与《あた》えようと思う。で、君の望みは何？」

デミウルがあまりに無邪気《むじゃき》に問いかけてくるので、不敬とは思いながらも私は少しあきれてしまった。もう少しこう、申し訳なさそうにしてくれてもいいのではないだろうか。

罪悪感の欠片《かけら》もない笑顔に、彼が確かに神なのだと感じた。人とは別の次元に生きる存在だからこそ、自分を恨み死んだ者を前にしてもこのような態度でいられるのだろう。

恨みと怒《いか》りの塊《かたまり》をぐっと飲みこみ、長く息を吐き出した。

神に文句など言ったところでムダだ。それならば割り切るしかない。望みを叶《かな》えてくれるというのなら、それで帳消しにしよう。

「では……私は二度と、毒で苦しんで死にたくはありません」

「うんうん。毒殺は苦しいよねぇ。いいよ。それから？」

「それから……」

自分を罵倒《ばとう》する継母と義妹《ぎまい》の顔や、聖女の肩を抱き《だ》きながら軽蔑《けいべつ》の眼差《まなざ》しを寄越《よこ》す婚約者の顔が浮かんだ。その他大勢の「偽者《にせもの》」と私を嘲笑《ちようしよう》する声も響いてくる。

なぜ、あんな仕打ちを受けなければならなかったのだろう。私はただ――。

「ただ……生きたいです。平穏《へいおん》でいいのです。慎《つつ》ましくてもいいのです。私は死にたくなかった。可能なら、いいように使われるのではなく、ひとりだけでもいいから誰かに愛されて生きてみたかった……！」

「うん。いいよー」

あっさりと、それはもう実にあっさりとデミウルは頷《うなず》いた。

両手をパッと広げ、にこにこと微笑む創造神に、私は自分でお願いしたにもかかわらず

「え。い、いいんですか？」と戸惑《とまど》ってしまう。

「もちろんいいよ、それくらい。君はとても謙虚《けんきょ》だね。素晴《すば》らしい心根の持ち主だ！」

「はあ……いえ、そんな。私など——」

「そんな君には、唯一無二の知識と力を与えよう。じゃあそういうことで！」

そういうことで？　とは、どういうことで？

尋《たず》ねる前に、突然《とつぜん》舞台《ぶたい》の幕が下りるように私の意識は途切《とぎ》れた。

最後に見たデミウルは、とても憎《にく》たらしい……もとい、清々《すがすが》しい顔で手を振《ふ》っていた。

第一章

目覚めたとき、私はベッドの上にいた。

あの牢獄塔《ろうごくとう》のかび臭《くさ》いベッドではない。慣れ親しんだ柔《やわ》らかさのこれは、正真正銘《しょうしんしょうめい》私のベッドだ。まさか、ここは侯爵邸《こうしゃくてい》なのだろうか。

「生きて、る……？」

天井に向かって手を伸《の》ばすと、その手がいつもより小さく見えハッとした。

跳《は》ね起きてベッドを降り、姿見へと駆《か》け寄る。大きな姿見に映ったのは、なぜか数年分若返ったような自分の姿だった。

「ど、どうして？　私の体、一体どうなって――」

頬《ほお》に手を当て呟《つぶや》いた瞬間《しゅんかん》、ピコンと頭に電子音が響いた。

（……電子音って、何だったっけ？）

思い出そうとする前に、それは目の前に現れた。


【オリヴィア・ベル・アーヴァイン】

性別：女　年齢《ねんれい》：13　職業：侯爵令嬢・毒喰《ぐ》い
状態：衰弱《すいじゃく》
…………
《創造神の加護（憐《あわ》れみ）》　new！
毒スキル　new！
・毒耐性《たいせい》Lv.1　new！

半透明《はんとうめい》の四角い窓のようなこれは——。

「ゲームのステータス画面!?」

そう叫《さけ》ぶと同時に、私はすべてを思い出した。自分の前世がアラサーの日本人で、美容部員として働いていたこと。この世界が前世でプレイした乙女《おとめ》ゲームの世界に酷似《こくじ》していること。

そして自分が、ゲーム主人公の聖女のライバル役、悪役令嬢オリヴィアであることも。

もう何から驚《おどろ》いていいかわからないが、とりあえずこれだけは先に言わせてほしい。

「確かに私は、毒で苦しんで死にたくないとは言ったけど、正しくは毒とは無縁《むえん》の新しい人生を望んでいたわけで……」

…………

毒スキル　new!

・毒耐性Lv.1　new!

…………………

つまり、そういうことじゃなーい!!

あまりの怒りに頭に血が上ったのか、くらりと目眩《めまい》がした。一旦《いったん》落ち着こう。

「待って。つまり、唯一無二《ゆいいつむに》の知識が前世の記憶《きおく》で、力がウィンドウに表示されていた毒スキルってことなの……?」

幸せになる機会というのは、時を遡《さかのぼ》りオリヴィアとしての人生をやり直すということか。

現状を理解した私は、へなへなと絨毯《じゅうたん》の上に座りこんだ。

「違《ちが》う……そうじゃない。望んだのは全体的にそういうことじゃない……!」

どうせなら、毒殺の危険などない庶民《しょみん》に生まれ変わりたかった。

それなら前世の記憶やスキルなんてものも必要なかったはずだ。平穏で慎ましくていい

と言ったのを、デミウルは聞いていなかったのだろうか。

「あのお気楽な笑顔の創造神、一発殴《なぐ》っておけばよかった」

思わずそんな物騒《ぶっそう》なことを口にする自分に驚いた。

どうやら前世の記憶を得たことで、人格にも影響《えいきょう》があったらしい。ひどく腹が立つのと同時に、妙《みょう》に落ち着いている自分がいる。戸惑いはほぼなく、どこかすっきりした気分だ。

「神様に話が通じないことはよーくわかった。とにかく、こうなってしまった以上、与えられたものでなんとか生きていくしかない」

そう決意し、私はステータス画面をチェックすることにした。状態やらスキルなど、いかにもゲームといった感じだ。

「色々ツッコミどころが多い。っていうか、ツッコむところしかないわ」

言葉遣《ことばづか》いにも影響が出ているのを感じながら、上から順に確認《かくにん》していく。

オリヴィア・ベル・アーヴァイン。前世でプレイした乙女ゲーム【救国の聖女】に出てくる悪役令嬢《れいじょう》の名前とまったく同じだ。

「ここは【救国の聖女】の世界そのものなのかな……？」

次は年齢。十三歳とある。投獄され殺されたとき、私は十六歳だった。つまり三年の時を遡ったことになる。自分だけが若返ったわけではないのなら。

「状態は衰弱……。確かにガリッガリだわ。こんなに貧相な体をしていたのね、私」

目の前の鏡に映る姿に、泣きたい気持ちになった。

青白く乾《かわ》ききった肌《はだ》。痩《や》せこけた頬に艶《つや》のない銀の髪《かみ》。手足は骨に皮がくっついただけの棒切れだ。唯一、水色の瞳《ひとみ》はきれいだけれど、白目の部分がひどく充血《じゅうけつ》していて怖《こわ》い。

頭の中で、美容部員だった前世の自分が「直視できない！」と嘆《なげ》いている。

一番気になるのは職業だ。侯爵令嬢の下に、毒喰いとあるのは何なのか。

そんなデンジャラスな職業に就《つ》いた覚えはない。恐《おそ》らく与《あた》えられたスキルの影響なのだろうが、もっと他《ほか》に何かなかったのか。

毒スキル。こんなスキルは【救国の聖女】では見たことがなかった。

デミウルが唯一無二のと言っていたので、私だけのスキルなのだろうけれど……。

「正直、毒スキルって聞こえが悪すぎない？」

明らかに悪役のスキルという感じだ。貴族の令嬢がこんなスキルを持っていると知られたら、どういう目で見られるかは簡単に想像がつく。

「毒で攻撃《こうげき》するような力はいまの所ないみたいだけど、人に知られないようにしないと」

また、スキルの横にある毒耐性という表示は、恐らくそのままの意味の能力だろう。

毒で苦しんで死にたくない、という願いにまさか耐性で応《こた》えてくるとは。そんな変化球はいらなかった。もっと「平凡《へいぼん》な村娘《むらむすめ》に転生」などのストレートさがほしかった。

ついでに《創造神の加護（憐れみ）》の（憐れみ）の部分、必要あっただろうか。憐れむなら、中途半端《ちゅうとはんぱ》な加護より穏《おだ》やかな人生をくれと言いたい。

「毒に強い体になったんだろうけど、それってどの程度なのかしら。すべての毒に耐《た》えられるのか、あの創造神のことだから怪《あや》しいところよね」

しかし確かめるにしても、どうすればいいのか。自ら毒を口にするなんて恐ろしいこと、できるはずもない。

悩《なや》んでいると、部屋にノックの音が響《ひび》いた。慌《あわ》てて寝台《しんだい》に戻《もど》ると「アンです。昼食をお持ちしました」と声が。ワゴンを押して部屋に現れたのは、焦《こ》げ茶の髪のメイドだった。

まだ十代だろう若いアンは、以前から私の身の回りの世話を担当していたけれど、必要最低限の会話しかしたことがない。物静かでいつも不安そうな目をしている、陰気《いんき》なメイドという印象だった。

「起きていらしたのですね。お熱は下がりましたか」

「……ええ」

どうやら私は熱を出して寝込《ねこ》んでいたらしい。

アンは特に心配する様子でもなく、淡々《たんたん》と「お食事はできそうですね」と言ってワゴンを寝台の脇《わき》に止める。その途端《とたん》、再びピコンとあの電子音がしたかと思えば、今度は真っ赤なウィンドウが現れた。

【鹿肉《しか》のワイン煮込《にこ》み（毒入り）：ベロスの種（毒 Lv. 1）】

「ど……っ」

思わず「毒入り!?」と叫びそうになった口を手で塞《ふさ》いだ。

まじまじと皿に盛られた料理を見る。毒表示がなければ、普通《ふつう》の美味《おい》しそうな料理だ。

アンは黙々《もくもく》と手を動かしているが、そばかすの浮《う》いた頬は青褪《あおざ》めて見えなくもない。

「ねぇ」

思い切って声をかけると、アンの手が止まった。

「……何でしょう、お嬢様」

「この食事は、厨房《ちゅうぼう》から直接、あなたが持ってきたの？」

問いかけた途端、アンの榛色《はしばみいろ》の目がうろうろと彷徨《さまよ》い始める。

「そ、そうですが……」

「本当に？　誰《だれ》かがあなたに食事を運ぶよう指示したわけではなく、あなたの意思で持ってきたのね？　じゃあ、食事に何か入っていたとしたら、あなたの責任になるわね」

「何かとは、い、一体……」

「そうね……例えば、毒――とか」

途端にアンはぶるぶる震《ふる》え出し、その場に膝《ひざ》をつくと、涙《なみだ》を流して頭を下げた。

「申し訳ありません！」

「……謝るということは、私の言葉の意味がわかっているのね？」

詳《くわ》しく話すよう促《うなが》すと、アンはしゃくり上げながら説明した。

いつも私の食事は、メイド長が厨房から受け取ること。それを私のいる離《はな》れに運ぶ際、アンが運ぶよう指示を受けること。そして以前メイド長が食事に何かを混ぜているのを見てしまい、口止めされたことを。

メイド長は継母《ままはは》が連れてきた人間だ。私の食事に毒を入れるよう裏で指示したのは、継母で間違《まちが》いない。どうやら私は随分《ずいぶん》と前から、継母に毒を盛られていたようだ。

「あなた、メイド長に何か脅《おど》されているの？」

「実は、病気の妹がいて、薬代を稼《かせ》がないといけないんです。なのに誰かに喋《しゃべ》ったら解雇《かいこ》すると。他のお屋敷《やしき》でも働けないようにしてやると言われて……申し訳ありません」

私はちらりと食事を見る。真っ赤なウィンドウが表示されているのは一皿だけだ。他は普通の食事のようだから、今回は鹿肉のみ口にしなければいい。

「わかったわ。あなたはいままで通り、メイド長から食事を受け取って」

「ですが……」と戸惑《とまど》うアンの目の前で皿をつかみ、窓辺に寄る。

窓を開け、皿の中身を思い切り外にぶちまけた。

「その代わり、私はきちんと食事をとったと、メイド長に伝えてくれる？」

ぼう然とするアンに、にこりと笑いかける。

「どう？　演技を続けられるかしら？」

「わ、私にはとても……」

「私の味方になってほしいのよ、アン」

アンは受け入れがたい様子で目を逸《そ》らす。私はそんなアンの荒《あ》れた手を握《にぎ》った。

「お給金とは別に、薬代は私が出す――」

「味方になります！」

食い気味で叫《さけ》ぶと、アンは身を乗り出した。目が金貨のように輝《かがや》いている。

「私の罪をお許しくださった上に、薬代まで！　お嬢様は女神《めがみ》です！」

「女神というか、私はむしろ悪役令嬢……」

「このアン、一生お金様――じゃなくて、お嬢様について行きます！」

「完全に財布扱《さいふあつか》いね」

アンの清々《すがすが》しいまでの現金さに、私は頬《ほお》が引きつるのを感じた。陰気なメイドはどこに行ったのか。とりあえず、死ぬ前の私にはいなかった味方がひとりできたらしいが――。

（お金で味方を買ったようなものだけど、良かったのかしら……）

はしゃぐアンを見ながら、いつか裏切られそうだな、と早速《さっそく》不安になるのだった。

「こ、これはオリヴィアお嬢様！　このような所に、一体何用で……？」

アンを伴《ともな》い厨房に向かうと、中にいた使用人たちは慌てたように一斉《いっせい》に立ち上がった。

休憩《きゅうけい》中だったのに、悪いことをしてしまった。

「突然《とつぜん》ごめんなさい。私のことは気にしないで、そのまま休憩を続けて？」

「そういうわけには……」

「いいのよ。それより料理長。食材を見てもいいかしら？」

傭兵《ようへい》のような体つきの料理長が、ぎくしゃくと食品庫に案内してくれる。

厨房は侯爵邸《こうしゃくてい》の本館にあり、離れに住む私が彼らと接触《せっしょく》することはまずない。病弱で引きこもりの令嬢《れいじょう》が突然厨房に現れたのだから、彼らが戸惑うのも無理はなかった。

（実際は引きこもっているわけじゃなく、継母に離れから出ないよう命令されているだけなんだけどね）

毒スキルとアンの証言で、前々から継母に毒を盛られていたことに気づくことができた。ずっと自分は病弱なのだと思っていたけれど、それは毒のせいだったらしい。

スキルのおかげで耐性《たいせい》はついたものの、ステータスの状態は衰弱《すいじゃく》のまま。早急《さっきゅう》な体質改善が必要だ。健康な体は食事で作られる。前世の仕事柄《しごとがら》、デトックスについてはかなり勉強した。早速その知識を役立てるときがきた。

（本気の解毒生活《デトックス》のスタートよ！）

ひんやりとした食品庫には、食材の入った木箱がずらりと並んでいた。

ふと、玉ねぎが大量に入った木箱が目に入り、ひとつ手にとった。箱には剝《む》けた玉ねぎの皮もたくさん入ったままになっている。

「……よし。クレンズスープにしましょう」

「クレン……何ですか？」

首を傾《かし》げるアンに笑いかけ、他《ほか》の食材も物色する。

クレンズスープのクレンズは『洗浄《せんじょう》』の意だ。デトックス効果の高い野菜を組み合わせ、液状にしたものをそう呼ぶ。前世で一時ブームになったダイエット方法でもある。

「料理長。私、最近食欲がなくて。胃が少し痛いしお腹《なか》の具合も悪いの。だからお肉はもちろん、しばらく固形物は控《ひか》えたいと思って」

「そりゃいけません！　医者に診《み》てもらったほうが……」

「いいのよ。もうずっとこんな調子だから。そういうことだから、しばらく私の食事はスープだけにしてほしくて。構わない？」

「我々《われわれ》は構いませんが……スープだけなんて、お嬢様が倒《たお》れちまうんじゃ？」

「大丈夫《だいじょうぶ》よ。じゃあまず、これ。水でよく洗ってくれる？」

「こ、これって……玉ねぎの皮じゃあないですか！」

料理長もアンも、私が両手にたっぷりと持った玉ねぎの皮を見て目を丸くする。

驚《おどろ》くのも当然だ。前世の私も勉強するまで、まさか玉ねぎの皮がデトックス食材になるとは夢にも思っていなかった。

「そうよ。玉ねぎの皮。これでスープの出汁《だし》をとるの」

「皮で、出汁？　出汁なんかとれるんで？」

「ええ。玉ねぎの皮はビタミンとミネラルの宝庫なの。抗酸化《こうさんか》ポリフェノールも中身の三十倍もあるんだから！　それを知ったら玉ねぎの皮を捨てるなんてとてもできないわ！」

私は拳《こぶし》を握り力説したけれど、料理長とアンは不思議そうに顔を見合わせる。

「ビタミー？」

「ポリフェノル？」

しまった。この世界にはない言葉を使っても、ふたりにわかるはずがない。

「ええと、血の巡《めぐ》りを良くしたり、むくみを取ったり、皮にも色々な効能があるの」

「へぇ。玉ねぎの皮にそんな効能がねぇ。いやたまげた。料理人のワシでさえ知らないことを、お嬢様はたくさんご存じなんですな。一体どこでお知りになったので？」

「それは……臥《ふ》せっていることが多いから、本を読んだり、ね」

まあ嘘《うそ》なのだが、料理長は同情したのか「そうでしたか……」と暗い顔になる。

いつの間にか食品庫の入り口に使用人たちが集まってきて、口々に「確かにお嬢様、おやつれになったよな」「病気のせいか？」などと囁《ささや》き合っている。

そのとき「何の騒《さわ》ぎです！」と声がして、入り口を塞《ふさ》ぐようにしていた使用人たちがさっと道を空けた。現れたのは眉間《みけん》に深いシワを刻むメイド長だった。

メイド長はじろりとアンを睨《にら》んだあと、私を見る。

「このような所で何をしていらっしゃるのです？」

「……食事をリクエストしたくて来たの」

「食事をリクエスト？　わざわざそんなことで？　奥様から離れを出ないよう言われているのをお忘れですか？」

「熱が下がったから、散歩の途中《とちゅう》立ち寄っただけよ。なあに？　お継母《かあ》様は散歩も許してくださらないとでも？　それじゃあまるで、離れに私を監禁《かんきん》しているみたいじゃない？」

わざとらしく言うと、まだこちらを窺《うかが》っていた使用人たちが「監禁？」「まさか……」とまた騒ぎ始める。メイド長は舌打ちせんばかりの顔で「とんでもない」と否定した。

「奥様はあなたを心配されているだけです」

「そう。じゃあ何の問題もないわね。私は離れに戻《もど》るわ。料理長、よろしく頼《たの》むわね」

「はい、お嬢様！　お任せください！」

ドンと胸を叩《たた》く料理長に笑《え》みを返し、私はアンと厨房《ちゅうぼう》を後にした。

メイド長の横を通り過ぎる際「奥様にご報告しますから」と囁かれた。これはきっと、近いうちに継母に何か動きがあるだろう。

(毒、飲まされるかなぁ……)

いまからでも村娘《むらむすめ》に転生させてもらいたいわ、と私はため息をついた。

継母《ままはは》の動きは予想していたより早かった。

夜、メイド長を引き連れ離《はな》れに現れた継母・イライザは、相変わらず派手な化粧《けしょう》と宝飾《ほうしょく》品《ひん》で全身を固めていた。

「メイド長が言っていた通り、随分《ずいぶん》調子が良さそうね、オリヴィア？」

冷たい笑みを浮《う》かべる継母に、隅《すみ》にいるアンが怯《おび》えている。

恐《おそ》らく創造神に時間を遡《さかのぼ》らせてもらう前、私を毒殺したのはこの人だ。父・アーヴァイン侯爵の後妻で、以前から私を虐待《ぎゃくたい》し、奴隷《どれい》のように扱っていたひどい女。聖女に毒を盛るよう命令したのも継母だった。

私は継母を殴《なぐ》りつけたいのを我慢《がまん》して、頭を下げた。

「何か御用《ごよう》でしょうか」

「言いつけを破って離れを出たそうね？　わざわざ厨房に料理をリクエストしに行ったとか。何を企《たくら》んでいるのかしら？」

「企むなど……。メイド長にも言いましたが、厨房には散歩のついでに寄っただけです」

私の答えが気に入らなかったようで、継母は私を睨みつけるとメイド長を呼んだ。

メイド長はワゴンを私の目の前まで押してくると、銀のフードカバーをゆっくりと持ち上げる。白い湯気とともに現れたのは美味《おい》しそうな料理と、聞き覚えのある電子音をともなった、真っ赤なテキストウィンドウだった。

【野菜スープ（毒入り）：ベロスの種（毒Lv．1）】
【生姜湯《しょうが》（毒入り）：ベロスの種（毒Lv．1）】
【林檎《りんご》のジュレ（毒入り）：ベロスの種（毒Lv．1）】

（全部毒入りって、どんだけ念入り……！）

顔が引きつりそうになるのを耐《た》える私に、継母が「座りなさい」と命令してくる。まさか、私が料理を食べるまで居座るつもりだろうか。

「ほら、私たちは部屋を出るんだ！　さっさとおし！」

メイド長に突《つ》き飛ばされるように出口へと促《うなが》されるアン。

こちらを振《ふ》り返り「お嬢様……！」と泣きそうな顔をするので、私は敢《あ》えて笑ってやった。心配するなというように。もちろん強がりだ。何せ現状、絶体絶命なのだから。

ふたりが部屋を出ていくと、継母の纏《まと》う空気がさらに冷え冷えとしたものになる。

テーブルに着くよう促され、仕方なく席に座った。心の底から逃《に》げ出したい。

「この私がわざわざ給仕《きゅうじ》をしてあげるんだから、感謝なさい」

テーブルに並べられたのは、私の希望通りのミルクベースのクレンズスープに、うっすら黄金色の生姜湯、そしてすりおろされた林檎のジュレ。

簡単なものだけど、さすが料理長、美味しそうに盛りつけてくれている。本当なら私も嬉々《きき》として食べただろうが、毒表示が出ている料理を前に食欲がわくはずもない。

時を遡る前の、牢獄塔《ろうごくとう》で味わった苦しみを思い出すと体が震《ふる》えた。食べたくない。あんな苦しい思いは二度としたくないと神に願って、いま私はここにいるのに。

「どうしたの？　食べられないなら、私がその口に突っこんであげるわ」

業《ごう》を煮《に》やした継母の言葉に、私は慌《あわ》ててスプーンを手に取り、ごくりと喉《のど》を鳴らした。

落ち着こう。いまの私には創造神からもらった毒スキルがあって、この毒は私には効かないかもしれない。あくまでも可能性の話で、保証はどこにもないのだけれど。

（これで死んだら、恨《うら》むどころか呪《のろ》ってやるからね、創造神デミウル！）

意を決しスープをすくうと、私は目をつむりながら、えいと飲みこんだ。

「……っ！」

その衝撃《しょうげき》に、思わず片手で口を押さえた。

手がぶるぶると震え、スプーンを落としかける。

「もっと食べなさい。オリヴィア」

薄笑《うすわら》いを浮かべながら継母が命令する。私はカチカチと音を立てるのを止められないま
ま、何度もスープを口に運び、飲みほした。

スープ皿が空になって、ようやく継母は満足したようだ。「残さず食べるのよ」と言い

置き扉《とびら》へと向かう。

「もう勝手に離れから出るんじゃないわよ。まあ……出たくても出られないでしょうけど」

扉を閉める直前、継母はそう意味深く笑っていた。

継母がいなくなり、部屋にひとりになってようやく言える。

「なんなの、これ……」

まだ震えが止まらない両手で口元を押さえ、天を仰《あお》いだ。

「すっっごく美味しい……！」

なんてことだ。あまりにも美味しすぎて、毒入りであることを忘れ夢中で食べてしまった。玉ねぎの皮だけで出汁《だし》をとったとは思えない、深いコクのある濃厚《のうこう》なスープだった。

こんな美味しい料理、今世でも前世でも食べたことがない。

料理長は天才なのだろうか。いや、でもデミウルに時を戻される前に食べていたのも、同じ料理長が作ったもののはずだ。

「まさか……」

私は試《ため》しに、生姜湯のカップに手を伸《の》ばした。

相変わらず赤いウィンドウが出ているので緊張《きんちょう》したが、恐《おそ》る恐る口をつけると——。

「う、嘘《うそ》でしょ」

ただの生姜とはちみつの入ったお湯のはずなのに、何種類ものハーブをブレンドしたかのような味わい深さがある。どんな希少なはちみつを使ったのか、まったくくどくないすっきりとした甘さもいい。

「何このジュレ、爽《さわ》やか〜！」

林檎のジュレは、甘さよりもミントのような爽やかさの際立《きわだ》つデザートだった。見た目を裏切る高級感に、これを売る店があるのなら、何時間並んでもいいとさえ思えた。

どれも想像を超《こ》えた料理だ。どうやってこの味を出したのか見当もつかない。

「つまりこれって、毒が美味しいってこと……？」

私はその答えに行き着いた瞬間《しゅんかん》、椅子《いす》から崩《くず》れ落ちていた。

だから何なのだ、そのムダな設定は。気づかう所が明らかにおかしい。私は毒で苦しんで死にたくないとは言ったが、毒を美味しく感じたいなどと口にした覚えは一度もない。

毒が信じられないほど美味しく感じるなどという体質にされてしまったら……。

「毒、食べたくなっちゃうじゃなーい!!」

デミウルの緩《ゆる》い笑顔を思い出しながら、ダンダンと床《ゆか》を何度も叩く。

本当になんなのだ、あの創造神は。ふざけているのだろうか。毒が美味しいとなれば、危険だとわかっていても食べたくなってしまうのは当然ではないか。

「まるで禁断の果実……って、あれ？　そういえば、私の食べた毒は」

どうなったのだろう、と言いかけた瞬間、再び電子音が響《ひび》いた。

目の前に新たなウィンドウが次々表示される。

【毒を摂取《せっしゅ》しました】

【毒を無効化します】

【毒の無効化に成功しました】

「お、おお……これが毒耐性《たいせい》。ということは、やっぱり耐性とレベルの同じ毒なら食べていいってことかしら」

禁断の味を思い出し、じゅるりと唾液《だえき》があふれ出る。

いや、いくら美味しくて無効化できても、毒は毒だ。体に良いはずがない。わかっている。だが、わかっていても、また食べたくなってしまう美味しさだった。

本当に、あの創造神はなんて体質にしてくれたのかと文句を言いかけたとき、またもや電子音とともにウィンドウが表示される。

【経験値を20獲得《かくとく》しました】

さすがにそこに書かれていた言葉に固まった。

経験値。それは貯《た》めた数字に応じてレベルがアップする、ゲームではおなじみの設定のひとつだ。そして私が持っているのは毒スキル。毒を食べると経験値を得られる。つまりレベルを上げるには――。

「毒を食べろってこと⁉」

信じられない！　と私はまた床に拳《こぶし》を打ちつけた。

毒で死んだ人間に、毒を進んで食べるような設定を盛りこむなんて、デミウルは一体どんな神経をしているのか。

「お、オリヴィアお嬢様《じょうさま》⁉　大丈夫《だいじょうぶ》ですか！」

床をダンダンと叩《たた》いている姿を、戻《もど》ってきたアンに見られてしまい、ベッドに押しこまれた。また継母《ままはは》に毒を盛られ、苦しんでいるように見えたらしい。アンは泣きそうな顔で医者を呼んでくると言い、部屋を飛び出していった。

私は少し冷静になり、ベッドの上から空の食器たちを見つめ、ため息をつく。

「まあ……経験値を稼《かせ》ぐために食べなきゃいけないなら、美味《おい》しいほうがいいよね……っと、いけない。またよだれが」

中毒にならないよう気をつけつつ毒を食べ、デトックスにも一層励《はげ》まなければ。

なんだか絶対に成功しない万年ダイエッターにでもなった気分だった。

逆行し、オリヴィアとしての二度目の人生が始まって三日目。

表向き、私は体調を崩し離《はな》れで休養中ということになっているが、実際はというと。

「お嬢様。また悪魔《あくま》に祈《いの》りを捧《ささ》げていらっしゃるんですか……」

メイドのアンが、部屋に入るなり私を見てなんとも言えない顔をする。

「何で悪魔なの？　そこは神でもよくない？」

片膝《かたひざ》を立て、脚《あし》を前後に大きく開き、両手を天に向かって伸ばしながら、私は答えた。

これはヨガの三日月のポーズだ。ヨガは腹式呼吸で血行を促進《そくしん》し、新陳代謝《しんちんたいしゃ》を高める。内臓を刺激《しげき》して便通も良くなるので、デトックスにぴったりの運動だ。

だがアンには悪魔崇拝《すうはい》の儀式《ぎしき》に見えるらしく、完全に引いた顔をするので、仕方なくヨガを中断しベッドに戻った。

「お嬢様の指示通りにお茶を淹《い》れてもらいましたよ」

アンはそう言ってワゴンをベッドの脇《わき》につけ、カップに茶色のお茶をそそぐ。

強肝《きょうかん》・利胆《りたん》で知られるアーティチョークとペパーミントのハーブティーだ。苦みはあるが後味は悪くない。アンに作り方を教えたら、目を金貨にさせ小躍《こおど》りしていた。

「悪魔崇拝は別として、お嬢様の知識は本当に凄《すご》いですねぇ」

「うん？　デトックスのこと？」

「そうそう、デトックスです。だってお嬢様、お顔の色が見違《みちが》えるほど良いですし、どんどんきれいになられていますよ！」

アンがぐいと手鏡を向けてきたので覗《のぞ》きこむと、確かに多少血色が良くなった自分がいた。でもまだまだだ。痩《や》せこけているし、目の周りも黒ずんでいる。カサカサだった肌《はだ》に少し潤《うるお》いが戻ってきて、目の充血《じゅうけつ》がなくなった程度で、健康体にはほど遠い。

「でもお嬢様は痩せすぎですから、もっとたくさんお食べにならないと。悪魔に祈りを捧げている場合じゃないですよ！」

「祈ってないから。ヨガだから」

継母のイライザが直接食事を運んできたあの夜以降、料理に毒は盛られていない。

毒でしばらくは動けないだろうから、さらに盛る必要はないと考えているのだろう。もう継母の思惑《おもわく》はわかっているのだ。そこを敢《あ》えて利用してやる。毒を盛られたら寝込《ねこ》んだふりをし、その間デトックスに励む。まずはそうやって健康体を手に入れるのだ。

「……ねぇ、アン。お父様はどうされているかしら？」

「旦那《だんな》様は王宮にいらっしゃる時間だと思いますが、確認《かくにん》してきますか？」

「ううん、いいの。聞いてみただけ」

逆行前は、実の父は近くて遠い存在だった。

親子らしい会話をした記憶《きおく》はない。父は私が継母に虐待《ぎゃくたい》されていたことにも気づいていなかっただろう。記憶の中の父・アーヴァイン侯爵《こうしゃく》の態度はいつもよそよそしく、私を見る目は冷たかった。愛されてはいなかったのは確かだ。

（性悪《しょうわる》継母と結婚《けっこん》するくらいだもの。きっとろくな男じゃないわよね）

期待してはいけない。女を見る目のない実父など、ゆるい創造神より役に立たないに違いない。血縁《けつえん》より大事なのは解毒《デトックス》である。

ということで、ハーブティーを飲んだあと早速《さっそく》ヨガを再開した私。その横で、アンがこそこそとベッドサイドに小さなデミウル像を置いていたので、そんなもの暖炉《だんろ》にでも放《ほう》りこんでしまえ、と言い合っているとノックの音がした。

アンと顔を見合わせる。またメイド長か継母が来たのだろう。そろそろ次の毒が来るのではないかと思っていたのだ。

だが私の予想は外れ、アンが扉《とびら》を開けるとそこにいたのは、グレイヘアの初老の男性だった。口髭《くちひげ》を短く整え、黒のコートにグレーのズボンを着ている彼は、先代から仕える侯爵家の執事長だ。家令の役割も担《にな》っている使用人のトップである。

「ご無沙汰《ぶさた》しております、オリヴィアお嬢様。先日またお倒《たお》れになったと聞きましたが、その後体調はいかがでしょう」

品のある老紳士《しんし》、といった見た目の執事長だが、眼鏡《めがね》の奥の瞳《ひとみ》は鋭《するど》く光っている。一瞬のうちに素早《すば》く私の状態と部屋の様子を確認したのがわかった。

「問題ないわ。それより、執事長が私に何の用？」

「失礼いたしました。旦那様より、お嬢様への伝言を言付かっております。体調に問題なければ、晩餐《ばんさん》に出席するように、とのことです」


静かな食堂に、微《かす》かにカトラリーの音が響く。

テーブルウェアで飾《かざ》られた長卓《ちょうたく》では継母と義妹《ぎまい》、そして父が食事をしている。

派手なドレスを着た巻き髪《がみ》の少女が、継母の連れ子で義妹のジャネットだ。相変わらず継母によく似た、嫌《いや》な目つきをしている。

暖炉を背にしているのは、アーヴァイン侯爵家の当主、クライヴ・ジョン・アーヴァイン。この場で唯一《ゆいいつ》血の繫《つな》がりのある、私の実の父親だ。

逆行前、牢獄塔《ろうごくとう》へ連行される私に「何と愚《おろ》かな娘《むすめ》だ」と呟《つぶや》いた冷めた目が忘れられない。

私への愛情はどこにも見当たらなかった。

二度目の人生でも同じなようで、食堂に現れた私を見た父の目はやはり冷めていた。

悲しくないわけではないが、愛してくれない父親の心よりもいま問題なのは――。

煌《きら》びやかな長卓の上に並べられた食事に、思わずうっと口に手をやりたくなった。

(見渡《みわた》す限り、肉肉肉ね。見てるだけで胸やけしそう)

鶏《にわとり》、豚《ぶた》、仔牛《こうし》、鴨《かも》に兎《うさぎ》に羊に鹿《しか》。とにかくこの世界の貴族は肉ばかり食べる。サラダなどの野菜メインの料理はまず出ない。貴族が好まないのだ。

料理を前に怯《ひる》んでいた私を、父がじっと見つめてくる。

「……お父様、何か？」

「いや……。体調を崩《くず》していたそうだな。食欲がまだ戻らないなら、例の件は難しいか」

父は食事の手を止め、私たちを見るとゆっくりと口を開いた。

「神託《しんたく》が下った」

父のその言葉に、継母たちが驚《おどろ》いたようにカトラリーの音を立てた。

私はまじまじと、父の平然とした顔を見つめる。そうか、この年だったか。神殿《しんでん》に、創造神デミウルの神託が降りたのは。

「あなた。神託とはどのような内容だったのです？」

「聖女が現れるという神託だ」

「聖女……伝説の、光の女神《めがみ》と契約《けいやく》を結ぶ乙女《おとめ》ですね！」

ジャネットの言葉に父が頷《うなず》く。私は知っている。このあと、父が何を言うのか。

「三年後、王立学園に聖女が現れるそうだ。そこで三年後に入学する年齢《ねんれい》に該当《がいとう》する貴族の子女は、王宮にて国王陛下に謁見《えっけん》することになった」

「三年後ということは……」

「私、該当するわ！　王宮に行けるのね！」

ジャネットは、まるで自分が聖女であるかのように顔を輝《かがや》かせている。

悪役オリヴィアをいじめるさらに上の悪役のくせに、とその図太さに感心してしまった。

「ああ。……オリヴィア。お前もだ」

父の言葉に、シンと部屋が静まり返る。歪《いびつ》な家族たちの目がそろって私に向けられた。

「私は――」

「お義姉《ねえ》様には無理です！」

私の言葉を遮《さえぎ》り、ジャネットが悪意のある笑顔《えがお》で言った。

「そんなにやつれていては、侯爵家の令嬢《れいじょう》は病人だと王宮で噂《うわさ》になってしまうもの。国王陛下にもその状態でお会いするなんて失礼よ」

そうだ。逆行前も、ジャネットにまったく同じことを言われた。反論せず黙《だま》っていた私に、父は確か「無理をする必要はない」とジャネットの意見に賛同したはず。

当然私は聖女ではないので、王宮に行く必要はないのだ。国王陛下にお会いしたいとも思わない。むしろ逆行前に関《かか》わった王族たちには、近づきたくもない。

（……待って。そういえば、謁見の日に何かが起こったんじゃなかった？）

私は行かなかったが、王宮で歴史的大事件が起きたのではなかったか。確か王族のひとりが謁見の日に亡《な》くなった。それは私と同じ年の子どもで――。

（思い出した！　第一王子殿下が毒殺されるんだ！）

謁見の日、王太子宮で前王妃《おうひ》の息子《むすこ》である第一王子が何者かにより毒殺されたのだ。そして現王妃の長子である第二王子が王太子となった。

ちなみに私はその第二王子の婚約者だった。もしかしたら、現王太子の第一王子が死なければゲームのシナリオが変わり、私の運命にも影響《えいきょう》があるかもしれない。

迷いはなかった。愛のない父の視線に臆《おく》することなく、真っすぐに見据《みす》える。

「お父様！　私も王宮に参ります」

「まあ！　何を言うかと思えば」

「お義姉様、鏡を見てから言ったら？　とても王宮に行ける姿じゃ――」

「王宮からの呼び出しを拒否《きょひ》するなど、それこそ不敬です」

不敬という言葉に、継母《ままはは》も義妹も面白《おもしろ》くなさそうな顔をしたが口を閉じた。

「失礼のないよう身なりを整えれば、連れていっていただけますか？」

父を見つめながら問えば、氷のように冷たい目が細められ「いいだろう」と返事が。

「ありがとうございます、お父様」

継母や義妹は、無理に決まっていると言いたげだったが、私には自信があった。

売上全国一位を記録し、社長に表彰《ひょうしょう》されたこともある前世の美容部員の私が叫《さけ》んでいる。

(腕《うで》が鳴るわ！)

翌日の午後。三日後の謁見のために、料理長から分けてもらったはちみつで念入りに肌《はだ》と髪の手入れをしていると、部屋にノックの音が響《ひび》いた。このタイミングの悪さはもしや。思った通り、返事も待たず入ってきたのは、眉間《みけん》に深いシワを刻んだメイド長だった。

「何を機嫌《きげん》良さそうにしているのかと思えば、いまさら肌の手入れですか」

鏡の前に立つ私を見て、メイド長が鼻で笑う。骨と皮だけの鶏《とり》ガラ女が何をしたところでムダだと思っているのだろう。

「国王陛下の御前《ごぜん》に参るのだから、これくらいは侯爵家嫡女《ちゃくじょ》として当然でしょう？」

とぼけて微笑《ほほえ》んでやると、メイド長はいかにも気に入らないといった顔でワゴンを押してきた。ワゴンの上には銀のフードカバーと、グラスにカトラリーが並んでいる。

（そろそろかなとは思ってたけど、やっぱり来たか〜）

カバーの下を見なくてもわかる。毒である。毒盛り料理である。

あの継母が、私が国王陛下に謁見するのに黙っているはずがない。毒を盛られ阻止《そし》されるだろうことは予想していた。驚きはないが、代わりに妙《みょう》な期待が湧《わ》いてしまう。

今度は一体どんな毒だろう、と。

「食事の内容から見ると、随分《ずいぶん》と回復したようですね。そんなに元気になったのなら、もっと食事の量を増やしたほうがいいですね」

「……そうね。少しずつ増やしていくわ」

「あなたの食事だけ別にしていては手間でしょう。私のほうから料理長に伝えておきます。よろしいですね？」

料理のリクエストなど、勝手なことはするなと言いたいらしい。

仕方ないが、料理長にはこっそり作ってもらうよう頼《たの》むか。だがバレたときには彼や厨《ちゅう》房《ぼう》の使用人たちに迷惑《めいわく》がかかるかもしれない。それは避《さ》けたいところだが――。

「随分と不遜《ふそん》な物言いですね」

どう対応するか考えていると、入り口から落ち着いた声がした。

ハッとそちらに目を向けると、厳しい顔の執事長が立っていた。後ろにはアンもいる。

執事長は家令の役割も担《にな》っている使用人のトップ。つまり、メイド長よりも上の立場にいる人だ。ちらりとメイド長を窺うと、明らかにまずいという顔をしていた。

「し、執事長がなぜ離《はな》れに？」

「メイド長が不審《ふしん》な動きをしていると、報告がありまして。様子を見に来たのです」

「一体誰《だれ》がそんなことを……アン、お前かい！」

メイド長に睨《にら》まれ、アンがビクリと肩《かた》を竦《すく》める。見かねた執事長がアンを守るように一歩前に出た。逆にメイド長はじりじりと後退し、執事長と距離《きょり》をとる。

「誤解があるようですが、私はお嬢様にお食事の提案をしていただけで――」

「聞いていましたよ」

執事長《しつじ》はワゴンを見下ろすと「失礼いたします」と言ってフードカバーをとった。

私にしか聞こえない電子音が連続で鳴る。やはり真っ赤な警告ウィンドウが表示された。

昼食にと用意されたのは、キャベツとトマトのオートミールスープ、ビーンズのハーブソテー、それからチーズとフルーツのサラダだ。デトックスと美肌に特化した、彩《いろど》り鮮《あざ》やかなメニューである。まあ、全部毒入りなのだが。

（表示されてるのは【ジャコニスの鱗粉《りんぷん》（毒Lv．1）】か。この前の毒とは違《ちが》うけど、レベル1なら食べても大丈夫《だいじょうぶ》なやつだよね……？）

一週間前に食べた毒入り料理の極上《ごくじょう》の味を思い出し、あふれかけたよだれを飲みこんだ。

「なるほど……。お嬢様。晩餐《ばんさん》であまり料理を口にされなかったのは、まだ体調が万全《ばんぜん》ではおられなかったからですか」

「ええ。だから料理長に消化に良い食事をお願いしたの」

「では、これまでお嬢様の体調に考慮《こうりょ》した食事をお出しできていなかったわけですね」

執事長に睨まれ、メイド長はサッと顔色を変えた。

「お仕えする方のお体についてまるで考えられないなど、使用人、ましてやメイド長としてあるまじき怠慢《たいまん》です。おまけに主人に対し無礼な言動の数々は目に余ります」

「私がお仕えしているのは奥様です！」

「いいえ。我々《われわれ》がお仕えしているのはアーヴァイン侯爵家《こうしやく》です。オリヴィア様はそのご嫡女。あなたがそのような態度で接して良いお方ではありません」

執事長は私に向かって「これまで大変申し訳ございませんでした」と恭《うやうや》しく頭を下げた。

どう答えればいいのか戸惑《とまど》っていると、アンが駆《か》け寄ってきてベッドへと促《うなが》される。

「このような愚《おろ》かな者に侯爵家のメイド長を任せていたかと思うと、自分が情けない。使用人たちがお嬢様の話をしてくれたから気づけたものの……取り返しのつかないことになるところでした」

「な、何をおっしゃっているのかわかりません」

「ではわかりやすく簡潔にお話ししましょう。メイド長。あなたを只今《ただいま》をもって解雇《かいこ》します」

執事長の言葉に驚《おどろ》いたのは、メイド長だけではない。

私もアンも突然《とつぜん》の展開についていくことができず、ふたりを交互《こうご》に見るだけだ。

「奥様がそのようなことをお許しになるはずがありません！　私は奥様がこちらに嫁《とつ》がれる前からお仕えして――」

「何か勘違《かん》いをしているようですが、使用人の雇用権限は私に一任されています」

「お、奥様は侯爵家の女主人ですよ!?」

「その通り。ですが、アーヴァイン侯爵家の当主は旦那様《だんな》です。私はその旦那様の御意向《ごいこう》に沿って動いております。この意味がおわかりになりますかな？」

怒《いか》りにか恐《おそ》れからかぶるぶる震《ふる》えたあと、メイド長が膝《ひざ》から崩《くず》れ落ちる。

いくら継母の後ろ盾《だて》があっても、当主である侯爵には逆らえない。継母も恐らく、侯爵を敵に回すくらいなら、メイド長を切り捨てるだろう。

メイド長が連行されていくと、執事長は好々爺《こうこうや》のように優《やさ》しげな微笑みを私に向けた。

「奥様に遠慮をしたばかりに、お嬢様《じょうさま》には苦しい思いをさせてしまいました。誠《まこと》に申し訳ございません」

「いいのよ。私は無事で、いまこうして生きているもの」

「お嬢様……。このようなことが二度と起こらないよう、離れに出入りする使用人を指揮する執事をひとりおつけいたします」

「ありがとう。それとひとつお願いがあるのだけれど。アンを、私専属のメイドとして位を上げてほしいの」

お給金も弾《はず》んであげて、と頼むと、執事長は目を丸くし、アンは「女神様《めがみ》！」と感極《きわ》まったように叫んだ。お金様、と言わなかったことは褒《ほ》めてやろう。

ちなみに毒入り料理は「作り直させます」と執事長がにこやかに下げてしまった。

ちょっと食べてみたかった、と思ってしまう自分がいるのが悔《くや》しかった。

二日後の午後。

メイド長がいなくなり、さすがに継母《ままはは》も派手な動きはできなかったようで、私は万全の態勢で謁見《えっけん》の日を迎《むか》えることができた。

「オリヴィアお嬢様。そろそろお時間ですが、準備はよろしいでしょうか？」

私専属の執事、フレッドが声をかけてくる。

彼は執事長が約束通りつけてくれた、離れの仕事を取り仕切ってくれる執事で、なんと執事長の孫らしい。確かに理知的な目がそっくりだ。

「ええ。行きましょう、アン」

アンを伴《ともな》い、フレッドの先導で離れを出る。髪を結《ゆ》い、自ら化粧《けしょう》をほどこし、謁見用に急遽《きゅうきょ》あつらえたドレスを身に纏《まと》った姿で本館のエントランスに向かう。

ヒールを鳴らしゆっくりと現れた私を見て、継母や義妹《ぎまい》だけでなく、父も驚き固まった。

「嘘《うそ》よ、こんなの……ありえないっ！」

わなわなと震える義妹に、私は王宮に行く資格を得たのを確信し、悪役令嬢らしく笑ってみせた。

「お待たせいたしました、お父様」

ドレスの裾《すそ》を軽く持ち上げ、礼をする。

顔を上げると父と目が合い、今度は私が驚いた。父の表情が、いままで見たことのないものに変わっていたのだ。何かを懐《なつ》かしむようなその表情には、愛に似たものが滲《にじ》んでいる気がした。

「似ているな……」

ぽつりと、父が何かを呟《つぶや》いたけれど、すぐにジャネットが「ありえない！　どんな魔法《まほう》を使ったのよ！」と騒《さわ》ぎ出したので、最後まで聞き取ることができなかった。

ジャネットの反応を見るに、私の姿は合格だということだろう。準備を手伝ってくれたアンも、私を見て何度も「本当にお美しいです……！」とため息をついていた。

この三日間、デトックスに集中し、はちみつやオイルで肌《はだ》と髪《かみ》を磨《みが》き、血色の良く見えるメイクを研究した甲斐《かい》があった。

『えっ⁉　クリームに顔料を混ぜるんですか⁉』

『そうよ。白粉《おしろい》をつける前に、ノリや持ちを良くするために薄《うす》く塗《ぬ》るんだけど、それに色をつけて血色良く見せるの』

『ええっ⁉　白粉にも顔料を混ぜちゃうんですか⁉』

『もちろん。真っ白な白粉なんて浮《う》いちゃうし、顔色も良く見せられないもの。ピンクをベースに、目の周りは少し黄色やオレンジも混ぜると、青黒いクマも隠《かく》せるわ。頬《ほお》の下に真珠《しんじゅ》入りの粉をつければ、ハイライトになってこけた部分を誤魔化《ごまか》せる。……使うのもったいないけど』

メイクについて語るたび、アンはひたすら感心していた。目がまた金貨になっていたので、私が教えた知識を使って一儲《ひともう》けするつもりだろう。

アドバイス料でもとってやろうかと考えていると、目の前に大きな手が差し出された。

「行くぞ、オリヴィア」

父の緑色の瞳《ひとみ》が私を映している。何を考えているのかは読めないが、冷たさは感じない。

私は少し緊張《きんちょう》しながらその手を取り、馬車に乗りこんだ。はじめて触《ふ》れたように感じた父の手は、グローブ越《ご》しなのになぜかとても温かかった。

「ここが王宮……なんて立派なのかしら！　王族になるとこんな所に住めるのね！」

王妃《おうひ》にでもなるつもりなのか、ジャネットが野心に満ちた顔で言った。

王宮に到着《とうちゃく》し馬車を降りてすぐ、義妹はそんな風にはしゃぎだしたが、私は逆にいまにも帰りたい気分になる。

まさか二度目の人生でもここに来るハメになるとは。できれば避《さ》けて通りたかった。今日で訪《おとず》れるのが最後になればいいのだが。

「おい、団長じゃないか？」

「本当だ、団長がいらっしゃるぞ！」

「団長！　今日は休みを取られていたのでは？」

黒い騎士《きし》服を着た男たちが、父を見て大勢集まってきた。

皆《みな》、騎士服の上に短めのマントを羽織っている。彼らは恐《おそ》らく、第二騎士団の団長を務める父の部下たちだろう。

「休みだ。これから陛下に謁見する。私に構わず持ち場に戻《もど》れ」

散れ、とばかりに手を払《はら》う父だったが、騎士たちに立ち去る様子はない。

父が怖《こわ》くはないのだろうか。無表情で、何を考えているのかわからない、冷たい態度の人なのに。まさか案外慕《した》われていたりするのだろうか。

「今日が謁見の日でしたか」

「ではそちらがアーヴァイン侯爵家のご令嬢で――」

騎士たちの目が一斉《いっせい》に、父の後ろにいた私に向けられた。

「な、なんと美しい」

「まるで女神のようじゃないか」

「団長の亡《な》くなった奥方様に瓜二《うりふた》つでは？」

「確かに、イグバーンの宝石と謳《うた》われたあのお方にそっくりだ」

何やら騎士たちが囁《ささや》き合っているが、よく聞き取れない。それに何だか目が怖い。

あまりにも凝視《ぎようし》されるので、そっと父の陰《かげ》に隠れる。するとどこからか「女神……いや天使」と聞こえてきたが、幻聴《げんちよう》だろうか。ここには悪役令嬢しかいないのだが。

「はじめまして、騎士の皆様！　私、アーヴァイン侯爵《こうしやく》家の娘《むすめ》、ジャネットと申します！」

突然《とつぜん》、ジャネットが私を押しのけるように前に出て、騎士たちにお辞儀《じぎ》をした。

父がいつもお世話になっています、とご機嫌《きげん》で話し出す義妹に、騎士たちは戸惑《とまど》ったように顔を見合わせる。

「団長のところ、娘さんはひとりじゃなかったか？」

「ほら、数年前に総団長の親戚《しんせき》筋の未亡人と……」

「ああ。例の後妻の連れ子のほうか」

騎士たちの反応が不満だったのか、ジャネットは前のめりで自分のアピールを始めた。

「私、ずっと騎士団の方々に憧《あこが》れていたんです！　騎士服に身を包み、剣《けん》ひとつで国を守る皆様、本当に素敵《すてき》ですよね！　他家の令嬢たちとのお茶会でも、いつも騎士の皆様の話題で持ち切りで――」

ぺらぺらと喋《しやべ》るジャネットに、騎士たちが圧倒《あつとう》されている。

彼らの視線が義妹に集中していることに気づき、私はハッと辺りを見回した。チャンスだ。父たちと離《はな》れ単独行動をとるならいましかない。私は王宮に出入りする貴族たちに紛《まぎ》れるようにその場を離れ、右手に広がる庭園へと身を隠した。

「意地悪な義妹さまさまだわ。よし、私がいないことに気づかれないうちに行かないと」

目指すのは、第一王子がいるだろう王太子宮だ。目的は第一王子の暗殺の阻止《そし》。

第一王子は乙女《おとめ》ゲーム【救国の聖女】では名前すら登場しない過去の人だったけれど、この世界では彼はまだ生きている。名前のある立派なひとりの人なのだ。

毒殺事件を事前に知っていながら見殺しにするのは寝覚《ねざ》めが悪い。それにシナリオに逆らい生き続けてくれるなら、私の運命を変える一手になるかもしれない。だから助ける。自分のためにもなると信じて。

王太子宮は逆行前に何度も訪れている。薔薇《ばら》の咲《さ》き誇《ほこ》る庭園を抜《ぬ》け、小川にかかった橋を渡《わた》ると、高い生け垣《がき》が現れた。この向こうが王太子宮である。

花のアーチの前に創造神の石像が立っていたので、思わずぺしりと頭の部分を叩《はた》いてしまった。叩きたくなる丁度いい高さだったのだ。別に恨《うら》みを晴らそうとしたわけではない。

「だいたい、本物のデミウルは全然違《ちが》うし」

彫刻《ちょうこく》や絵画で目にする創造神デミウルは、性別不明の大人の姿をしている。前世の聖母マリアに少し似ていた。実際に会った彼は、まるで威厳《いげん》のないちびっこ神だったが。

などと考えながら花のアーチをくぐると、ふわりと甘い花の香《かお》りがし――。

「誰《だれ》だ？」

白いカサブランカが咲き乱れる庭。その中に建つ、蔦《つた》の絡《から》まったガゼボの下から声がした。高くも低くもない、凛《りん》とした声。

少年だ。テーブルに着き、本を片手にこちらを見ている。柔《やわ》らかそうな黒髪の下からこちらを覗《のぞ》く瞳は、星空を閉じこめたような深い青。それは直系の王族の特徴《とくちょう》的な瞳である。

「君は……」

私を映した青い瞳が、大きく見開かれる。

ゲームでも、一度目の人生でも目にしたことのない、悲運の王太子がそこにいた。

なんと美しい少年だろうか。星空のような瞳はもちろん、青みがかった艶《つや》やかな黒髪、幼さを残しながらもすっきりとした頰のライン、眉《まゆ》からの理想的な鼻筋。まるで芸術品のような完成された美が、目の前で光り輝《かがや》いている。

確か彼の名前はノア。ノア・アーサー・イグバーン。

イグバーン王国の第一王子で、現王太子。この国で王の次に尊く高貴な存在だ。

「……見たところ貴族の令嬢《れいじょう》のようだが、ここは立ち入り禁止の王太子宮だよ」

変声期前の透《す》きとおった声は落ち着いていた。

私はハッとして、胸に手を当て王族への最敬礼をとった。

「大変失礼いたしました。父と来たのですがはぐれ、こちらに迷いこんでしまいました」

「父……。君の名は？」

「オリヴィア・ベル・アーヴァインと申します」

「ああ、アーヴァイン侯爵の。では君が噂《うわさ》のオリヴィア嬢か」

「噂、ですか……？」

はて、と首を傾《かし》げる。噂とは一体何のことだろう。私のことが、王宮で噂になっているのだろうか。そういえば、騎士たちもなぜか皆私のことを知っているようだった。

まさか、既《すで》に第二王子との婚約《こんやく》の話が上がってでもいるのか。二度目の人生では、絶対あの王子とは婚約しないと決めているのに。

「本人は知らないのか。アーヴァイン侯爵家には小さな宝石がひっそりと眠《ねむ》っている、という噂だよ」

「はあ。小さな宝石……？」

「気にしなくていい。顔を上げて楽に」

「ありがとうございます、王太子殿下《でんか》」

王太子に「こちらにおいで」と呼ばれ、おずおずと歩み出る。

西洋風のあずまやの前まで行くと突然、頭に電子音が響《ひび》き、ビクリと肩《かた》が跳《は》ねた。

現れたのは、三度目となり見慣れつつある真っ赤なテキストウィンドウ。それがあずまやの下のテーブルに置かれた、王太子の紅茶に表示されていた。

【紅茶（毒入り）：ランカデスの角（毒Lv．2）】

（レベル2——!?）

まずい。毒のレベルが私の毒耐性《たいせい》レベルより上だ。

つまりいまの私のスキルでは恐らく、紅茶に盛られた毒を無効化することができない。

下手《へた》をしたら命を落とすこともあるかもしれない。

少なくとも常人が飲めば死ぬ。一度目の人生で、実際に口にした王太子は亡くなっているのだから。レベルが1とはいえ、毒耐性がある私が飲めばわからないが……。

「なるほど。確かに母君に似ているな」

私の焦《あせ》りになど気づかず、王太子はぽつりと呟《つぶや》いた。

何かを懐《なつ》かしむような響きを不思議に思い、つい彼をじっと見つめてしまう。

「母を、ご存じなのですか？」

「少しね。美しい人だった……」

王太子の青い瞳《ひとみ》に見つめられると、夜空に吸いこまれていくような錯覚《さっかく》に陥《おちい》った。

一歩、彼に足を踏《ふ》み出しかけたとき、ビュゥと強く風《ふ》が吹く。

「すまない。引き留めてしまったね。左を行けば、やがて宮殿が見えてくる。回廊《かいろう》から中に入れば誰かしらいるだろう。謁見《えっけん》の間まで案内してもらうといい」

「あ、ありがとうございます……」

私は少し感動した。王太子、美しいだけでなく親切な人だ。次期国王なのにまったく偉《えら》そうにせず、けれど威厳のようなものが既に備わっている。

（って、感動してる場合じゃないわ。あの毒入り紅茶、なんとかしないと）

ちょうど王太子がティーカップに手を伸《の》ばしたので、慌《あわ》てて身を乗り出した。

「あの！　その紅茶ですが、もう冷めてしまっているのでは？　淹れ直《い》させたほうが……」

「これかい？　これは冷めても苦みの出ない茶葉で淹れている。書物を読むと、どうしても冷めてしまうからね」

問題ない、とカップのハンドルに指をかけようとする王太子に、私はさらに一歩前に出る。

「つかぬことをお伺《うかが》いしますが、その紅茶を淹れたのはどなたでしょう？」

「……なぜそんなことを聞くのかな？」

「えっ。そ、それは、ええと……」

言い淀《よど》む私に、王太子が疑惑《ぎわく》の眼差《まなざ》しを向けてくる。失敗した。完全に怪《あや》しまれた。

「もう行きなさい。君も陛下をお待たせするわけにはいかないだろう」

穏《おだ》やかだった王太子の表情が冷ややかなものに変わる。

声音《こわね》も有無《うむ》を言わせない響きがあった。さすが次期国王、などと感心している場合ではない。王太子がとうとうカップを持ち傾《かたむ》けようとしたので「ダメ！」と声を張り上げた。

「それを飲んではいけません！」

王太子の手がぴたりと止まる。

「……何？」

「カップをお戻《もど》しください。その紅茶は、毒入りです」

青い瞳がカップに落ちた。だが王太子がいくら目をこらしても、カップの中は普通《ふつう》の紅茶。この赤いウィンドウは私にしか見えないのだ。

「なぜ君にそんなことがわかる？　この紅茶を淹れたのは、王太子宮に勤めて五年になる侍女《じじょ》だ。その侍女が毒を盛ったと、今日はじめて会った君が言う。不審《ふしん》なのはどちらかな？」

王太子は嘲笑《ちょうしょう》するように言った。私は完全にしくじったことを悟《さと》った。王太子の機嫌《きげん》を損《そこ》ね、信用を得る機会を失ってしまったのだ。

「ここで会ったことは忘れよう。早々に立ち去ってくれ」

もう星空の瞳は私を映すつもりはないようだった。

別に私のことは嫌《きら》ってくれてもいい。でも王太子は私を信じてくれないと死んでしまう。そして王太子が死ぬと、私も数年後には死んでしまうかもしれないのだ。

どうしたら信じてくれるだろう。信じてもらうために私ができることは――。

「失礼しますっ」

いままさに紅茶を飲もうとしていた王太子から、カップを奪《うば》う。

驚《おどろ》いた彼が止めるより前に、私はカップの中身を一気に飲み干した。

（ああ！　やっぱり毒が泣きたくなるほど美味《おい》しい……！）

得も言われぬ甘い芳香《ほうこう》が口の中いっぱいに広がり、一瞬《いっしゅん》幸福感に酔《よ》いしれたが。

「う……っ！」

冷めた紅茶が喉《のど》を通った直後、内臓に焼けるような熱さを感じ、口元を押さえる。

「お、おい。オリヴィア嬢──」

王太子が駆《か》け寄ろうとしたとき、ごぽりと私は吐《は》いた。指の隙間《すきま》からあふれ出たのは、赤黒い液体。鉄臭《くさ》さに包まれた瞬間、私は地面に崩《くず》れ落ちた。

「オリヴィア嬢!?」

手足がしびれ、全身がガクガクと痙攣《けいれん》し始め、視界が反転した。喉が、食道が、胃が、焼け爛《ただ》れていくようだ。体の自由がきかない。

ピコン！

【毒を摂取《せっしゅ》しました】

【毒を無効化します】

【毒の無効化に失敗しました】

（失敗すんなー‼）

叫《さけ》びたいのに、口から出るのは咳《せき》と血ばかり。

霞《かす》む視界の中、王太子殿下が何か叫んでいるように見えたけれど、彼の声は聞こえない。

体の機能が死んでいくのを感じながら、私は思った。

（やっぱり、毒を甘くみちゃ、いかんかっ、た……）

ピコン！


【毒の無効化に失敗したため、仮死状態に入ります】

第二章

　ふと気づいたときには、温かな場所にいた。

（何これ、デジャヴ？）

　朽《く》ちた教会の祭壇《さいだん》のようなそこには、天井《てんじょう》から優《やさ》しい光が降り注いでいる。そして私の目の前には、髪《かみ》も肌《はだ》も雪のように白い神聖な雰囲気《ふんいき》の少年。

「やあ、オリヴィア。また会ったね！」

　ショタ神、もとい創造神デミウルの無邪気《むじゃき》な笑顔《えがお》を見た瞬間、私は自分の置かれた状況《じょうきょう》を把握《はあく》した。

「デミウル。あんたに言いたいことがある」

「え？」

「ちょっとそこに正座しなさい」

　私が床《ゆか》をビシッと指さすと、デミウルは不満そうな顔をした。

「え～？　何で正座？　僕、一応神なんだけど――」

「さっさとする！」

慌てて「はい！」と色褪《いろあ》せた絨毯《じゅうたん》に正座をする創造神。シュールな絵面《えづら》だ。

「私、言ったわよね？　二度と毒で苦しんで死にたくないって」

「うん。言ったね。というか、オリヴィア口調が荒《あら》くなった？　グレちゃったの？」

「グレてない。あんたが与《あた》えた前世の記憶《きおく》でこうなったの。それより、平穏《へいおん》で慎《つつ》ましくていいから生きたいって言ったはずよね？　何でまたあっさり毒で死んじゃってるわけ⁉」

生き返らせる詐欺《さぎ》ではないかと責める私に、デミウルはキョトンとした顔で首を傾《かし》げた。

あざと可愛《かわい》い仕草には騙《だま》されない。このショタ神は私の苦しみの元凶《げんきょう》なのだから。

「死んでないよ？」

「……え？　だって私、毒を飲んで血を吐いて死んだはずじゃ」

「毒を飲んで血を吐いたところまでは合ってるけど、君は生きてる。約束したからね。君は毒では死なないよ」

「じゃあどうして血を吐いたの！」

「レベルが足りなかったからだよ。毒で死ぬことはないけど、毒スキルのレベルが低いと体にダメージを受けるんだ。だからレベル上げがんばってね！」

私は白目を剝《む》きたくなった。

毒スキルのおかげで毒で死ぬことはないが、レベルが低いと毒のダメージは受ける。毒のダメージを防ぐためには、毒を摂取してスキルのレベルを上げなくてはならない、と。

想像していた通りの展開に、頭の中で何かがプチンと切れる音がした。

「何……ってそんな中途半端《ちゅうとはんぱ》な能力にしちゃったわけ⁉ 創造神っていうなら、毒は全部無効化するスキルとか、そもそも毒の効かない体にするとかできなかったの⁉ あと、どうせならオリヴィアとは関係のないまったくの別人に生まれ変わらせるとか、他《ほか》にも手はあったでしょ⁉ 私は人生やり直したいなんてひとことも言った覚えはない！ あんたがやること、ぜーんぶ中途半端なのよ！」

私の叫びに、デミウルはショックを受けた様子で大きな目に涙《なみだ》を浮《う》かべた。

悪気はまるでなかった、と言いたげなその表情が余計に腹が立つ。

「だって……短時間じゃそれくらいしか用意できなかったんだよ～。僕だって時間があればそれなりのことができたんだよ？」

「だからあとは私の努力にかかってるって？ そういうの、丸投げって言うんだからね。おかげでまた毒でえらい目に遭《あ》ったじゃない。そもそも毒スキルについてもノーヒントって。設定が中途半端なら、せめて説明くらいちゃんとしなさいよ。だいたいね――」

「あー、わかったわかった！ 君にとって良い方向に行くように考えるから！」

デミウルはやれやれ、と疲《つか》れたように立ち上がる。

「考えるって、具体的には？」

「まあ、近いうちにわかるよ。説明してる時間はもうないみたい。ほら、君を呼んでる」

デミウルが顔を上に向けるので、私もつられて上を見た。

崩れた天井から、真っ白な光が降り注いでいる。どこかで荘厳《そうごん》な鐘《かね》が鳴っていて、それに交じり、確かに私を呼ぶ声が聞こえる気がした。

「時間だ、行かないと」

「は？　まだ話は終わってな――」

「じゃあ、がんばってねオリヴィア！」

何だかまた既視感《きしかん》のある展開では、と思った瞬間、突然《とつぜん》舞台《ぶたい》の幕が下りるように私の意識は途切れた。

（くそぅ、一発殴《なぐ》りたかったのに……！）

最後に見たデミウルは、やはり憎《にく》たらしいほどいい笑顔で手を振《ふ》っていた。

✦

右手が、何だか温かい。重いまぶたを持ち上げると、最初に映ったのは星空だった。黒いシルクカーテンのような前髪の隙間から、星空の瞳《ひとみ》がこちらを覗《のぞ》いている。

「目が覚めたかオリヴィア嬢《じょう》！　僕がわかるか⁉」

「殿《でん》、下《か》……？」

「そうだ僕だ。ああ、良かった。もう永遠に目覚めないのかと……」

息をつき、王太子が握《にぎ》った私の右手に額を寄せた。

グローブ越《ご》しなのに、なぜこんなにも温かいのだろう。王太子の手をそっと握り返した

そのとき、頭の中に電子音がやけにクリアに響《ひび》いた。

同時に霞む視界に現れたのは、半透明《はんとうめい》のテキストウィンドウ。

【仮死状態を解除しました】

【毒の無効化に成功しました】

【経験値を50獲得《かくとく》しました】

（仮死状態って何――）

やはりあの創造神、アフターフォローがまったくなっていない。

再会した瞬間《しゅんかん》殴っておくべきだった。貴重な機会だったのに。いま意識を手放せば、またあの祭壇に行けるだろうか。もし行けたら五、六発は殴ってやらなければ気が済まない。

怒《いか》りだけははっきりとしていたが、どんどん意識は薄《うす》れていく。声も出ず、もう王太子の手を握り返す力もない。

「オリヴィア嬢？　おい、すぐに王宮医を呼べ！　オリヴィア、しっかり！」

とりあえずいまは、もう少し休ませてほしい。

目を閉じたけれど、王太子が私の手を折れそうなほど握りしめ叫《さけ》び続けている。誰《だれ》かがバタバタと部屋を駆《か》ける音も遠くに聞こえた。それでも、目はもう開けられない。

（ごめんなさい。創造神を殴りに行かなきゃ……）

だから少しだけおやすみなさい、と意識を手放した私だったが、残念ながらそのあとデミウルに会うことは叶《かな》わなかったのだった。

✦

「無事目を覚ましてくれて良かったよ。一時はどうなるかと心配した」

窓辺のテーブルに着くなり、美しき王太子殿下はそう言って微笑《ほほえ》んだ。

「ご心配をおかけいたしました。王宮医をお呼びくださった殿下のおかげです」

「当然のことをしたまでさ。まさか自分で毒入りの紅茶を飲むとはね。二度とあんな危険な真似《まね》はしないように」

真剣《しんけん》な目で言われ、私は黙《だま》って頭を下げた。

私が王太子の毒入り紅茶を飲み倒《たお》れてから、五日が経過していた。その間ずっと、恐《おそ》れ多くもこの王太子宮で治療《ちりょう》を受けていたらしい。

目的だった殿下の毒殺阻止《そし》を達成したのは良かったが、まさか五日も帰宅できないとは。

帰ったときの、継母《ままはは》と義妹《ぎまい》の反応が目に浮かぶようだ。

「君が回復したら聞きたいことがあったんだ」

「……はい。何なりと」

「どうやって、僕の紅茶に毒が盛られていると知ったんだ？」

王太子の様子がガラリと変わり、細身の体から息苦しいほどの圧が放たれるのを感じた。

さすが次期国王。生まれながらの為政者《いせいしゃ》のオーラが身に着いている。

王太子の疑問も当然だ。初対面の令嬢が紅茶の毒を見抜《みぬ》いた。それがおかしいと気づかないような人間が次期国王だと、こちらが不安になる。

「そのことを話す前に、まずは私の境遇《きょうぐう》からお話ししなければなりません。少し、長くなりますが……」

「構わない。君の体調が悪くないのなら話してくれ」

「では……」

私は実の母が亡《な》くなったあと、継母と義妹が侯爵《こうしゃく》家に入ったところから話をした。

継母と義妹に虐《しいた》げられてきたこと、実の父である侯爵とは距離《きょり》があり、継母たちとの関係に気づいていないこと。そして先日、継母に毒を盛られていることに気づいたことまで。

ここまではすべて本当のことだ。一切《いっさい》話は盛っていない。

「自分で毒に気づいたということか？　毒に気づいたきっかけは？」

「それは……匂《にお》いです」

王太子に説明するために考えた、毒を見抜く方法。それが『匂い』だった。

私にだけ毒を表示するテキストウィンドウが見える、などと正直に話そうものなら、頭がおかしいと思われてしまう。いくら本当に毒を見抜くことができると証明できても、見えないものを信用できる人間はなかなかいない。

そうなると、見えないもので判断できることにしたほうが、都合がいいと考えたのだ。

「毒の匂いがわかるというのか」

「はい。長い間毒を盛られていたからでしょうか。混入された毒の微《かす》かな匂いを嗅《か》ぎ取ることができるようになったようです」

「匂い。匂いか……」

王太子は細い顎《あご》に手を当て考える素振《そぶ》りを見せた。

だがすぐにハッとしたように、テーブルの上のベルを鳴らす。

「すまない。お茶の用意もさせてなかったね」

「いえ。お気になさらず」

というか、紅茶を飲めるのか王太子。先日毒を盛られたばかりだというのに。

王になる人には、これくらいの度量がなければいけないのかもしれない。などと考えていると、ほどなくしてふくよかな侍女《じじょ》がワゴンを押して現れた。

侍女が紅茶を入れたカップを王太子の目の前に置いた瞬間、あの電子音が。

【紅茶（毒入り）：爛紅石《らんこうせき》（毒Lv．1）】

（毒レベル1かぁ）

既《すで》に毒レベル1では動揺《どうよう》しなくなっている自分がいる。

それにしても、たった五日でまた毒とは。王太子も私と同じくらい、日々毒の危機に見《み》舞《ま》われているようだ。まだ若いのに不憫《ふびん》な……私もいまは若いけれど。

ちらりと紅茶を入れたふくよかな侍女を窺う。侍女の中では年配で、他《ほか》の侍女たちを統《とう》率《そっ》していた。毒を混入させたのは彼女ではなく、別の侍女かメイドだろうか。

ふくよかな侍女が私の横に来た次の瞬間、再び電子音が響いた。

【ガラス瓶《びん》（毒入り）：爛紅石（毒Lv．1）】

侍女のドレスから、真っ赤なテキストウィンドウが表示されている。

（犯人確定しちゃったか～～）

目をつむって天を仰《あお》ぎたい気分になったが我慢《がまん》した。

侍女を統率しているということは、つまり王太子の信頼《しんらい》厚い立場の人間。そんな人に裏切られていると知ったら、王太子はきっと傷つくだろう。

若く美しい王太子の心情を考えると胸が痛かったが、見過ごせるわけもない。

王太子がカップのハンドルに指をかけると同時に「殿下《でんか》」と呼び止めた。

「飲んではいけません」

私の言葉に、王太子の眉《まゆ》がピクリと動く。

青い瞳《ひとみ》が細められ、部屋の温度が下がるのを感じた。

「これにも、毒が入っていると？」

「……はい。そこの侍女が毒を所持しております」

王太子と侍女が、ハッとした顔で私を見た。

少しの沈黙《ちんもく》のあと、なぜか王太子が「なるほど」と微笑んだ。

「オリヴィア嬢《じょう》。君の言葉を信じよう。確かに君は毒を嗅ぎ取ることができるようだ」

「え？　それはどういう……」

「マーシャ」

「はい、殿下」

マーシャと呼ばれたふくよかな侍女が、ドレスの隠《かく》しポケットから細く小さなガラス瓶を取り出した。中には鮮《あざ》やかな紅色の液体が入っている。テキストウィンドウもそのガラス瓶から出ていた。間違《まちが》いない。あれが毒だ。

「すまないが、君を試《ため》させてもらった。君が毒を盛った敵と通じていた可能性もあったからね。気を悪くしたかな？」

つまり今回の毒入り紅茶は自作自演だったのだ。

この美しい王太子が傷つくことがないとわかり、心からほっとして笑う。

「……よかった」

「え？」

「殿下が裏切られたわけではなかったのなら、よかったです。安心いたしました」

王太子は侍女と目を合わせると、肩《かた》から力を抜くようにして笑った。それは年相応の、自然な笑顔《えがお》に見えた。

「オリヴィア嬢。いや、オリヴィア。改めて礼を言わせてくれ。僕を毒から守ってくれて、ありがとう。毒で狙《ねら》われている者同士、これからぜひ仲良くしてほしい」

そう言うと、王太子はグローブを外し、こちらに手を差し出した。

「もったいなきお言葉です。王太子殿下」

頭を下げ、恭《うやうや》しくその手を取ったとき、今日何度目かの電子音が頭に響《ひび》いた。

同時に目の前に、ステータス画面が現れる。

【ノア・アーサー・イグバーン】

性別：男　年齢《ねんれい》：13　職業：イグバーン王国王太子
状態：慢性中毒《まんせい》

なぜ、突然《とつぜん》王太子のステータスが現れたのか。いや、それよりも重要なのは彼の状態だ。

（慢性中毒って……既に毒盛られてるやないかい！）

首都育ちだったはずの前世の私だが、方言で盛大《せいだい》にツッコミを入れてしまったそのとき、
国王陛下の侍従の来訪が告げられた。このタイミングは嫌《いや》な予感しかしない。

すぐに部屋に通された侍従は慇懃《いんぎん》に挨拶《あいさつ》をし、私たちに頭を下げたままこう言った。

「国王夫妻がアーヴァイン侯爵家ご令嬢、オリヴィア様との引見をご希望です」

国王の侍従によりもたらされたのは、波乱の予感しかしない報《しら》せだった。


「なぜこんなことに……」

帰りたい。切実に帰りたい。王太子宮のエントランスで私は絶望していた。

王太子を毒からさくっと救ったら、さっさと退散するつもりだったのだ。それがまさか
五日も王太子宮で寝込《ね》み、結局国王に謁見《えっけん》までしなければならなくなるとは。

内心嘆《なげ》いていると、準備を終えた王太子が階段を下りてきて、私を見て一瞬《いっしゅん》固まった。

星空の瞳がこれでもかと見開かれている。そこまで驚《おどろ》くほど似合わないのだろうか。

(まあ確かに、私みたいな貧相な体で、こんな豪華《ごうか》なドレス着こなせるわけないわ)

国王の侍従が去ったあと、私は繊細《せんさい》なレースや刺繍《ししゅう》、宝石まで飾《かざ》られたドレスに着替《きが》えさせられていた。一着で馬車一台くらい余裕《よゆう》で買えてしまいそうで恐《おそ》ろしい。

「殿下！　いつまで見惚《みと》れているおつもりですか！」

マーシャにばしんと勢いよく背を叩《たた》かれた王太子が、我《われ》に返ったように咳《せき》ばらいをする。

「す、すまない。あまりに君が美しくて……」

などと言い訳する王太子に、私は内心感心した。こんなに若いのに、女性に気の利《き》いた冗談《じょうだん》を言えるなんてえらい、と。気持ちは完全に親戚《しんせき》のおばちゃんである。

「そう緊張《きんちょう》しなくていいよ、オリヴィア。僕が君を守る」

そっと手を握《にぎ》られ顔を上げると、王太子が輝《かがや》く笑顔で励《はげ》ましてくれる。

「王太子殿下……」

むしろ私があなたを守るのですが、とは言えない。

「ノアでいい。ドレス、とても似合っているよオリヴィア」

「……ありがとうございます、ノア様」

名前で呼んだだけなのに、ノアはそれはそれは嬉《うれ》しそうに笑う。

年相応なその表情にきゅんときてしまったのは気のせいだ。それか前世のアラサーな私が愛らしい美少年に母性をくすぐられているだけ。そう思いたい。

「では行こう」

王太子のエスコートで王宮の謁見の間に向かうと、玉座には既にその主が着いていた。冠《かんむり》を戴《いただ》く威厳《いげん》に満ちた男性に目を奪《うば》われる。

あの人が、イグバーンの国王、フランシス・アーサー・イグバーン。

王はノアによく似ていた。白髪《しらが》まじりの黒髪《くろかみ》に、青い瞳。ノアが成長したら、きっとあのような素敵《すてき》な男性になるのだろう。

王の横にはティアラを身に着けた迫力《はくりょく》のある美人がゆったりと腰《こし》かけている。

真っ赤なドレスを纏《まと》い妖艶《ようえん》に微笑《ほほえ》むのは、現王妃《おうひ》エレノアだ。

彼女は一度目の人生で私の婚約《こんやく》者だった第二王子の母親で、私の継母《ままはは》の遠縁《とおえん》に当たり、そして恐らくノアの毒殺を企《くわだ》てた張本人。恐らく、というのは王妃自身は黒幕らしい動きを見せないからだ。

王妃の悪事はファンディスクの真相エンドで明るみに出るらしい。

そう。前世の私は乙女《おとめ》ゲーム【救国の聖女】本編でも、王妃が黒幕とはされていない。【救国の聖女】のファンディスクをプレイしていないのだ。ファンディスクで新たに攻略《こうりゃく》対象に追加されたキャラもいたはずだが、それも覚えていない。本編のストーリーをすべて攻略してから手を出そうとしていたからだ。

だがまだ登場していないキャラよりも、脅威《きょうい》なのはどう考えても目の前の黒幕だった。

「よく来た、アーヴァイン侯爵《こうしやく》家令嬢オリヴィア」

「お初にお目にかかります。国王陛下、王妃陛下。この度《たび》は王宮にて騒《さわ》ぎを起こしてしまったこと、まことに申し訳ありません」

胸に手を当て、深く頭を下げる。

「顔を上げよ。そなたは王太子の身代わりとなり倒《たお》れたのだ。むしろ礼を言いたい。そなたは息子《むすこ》の命の恩人だ」

「もったいなきお言葉です、陛下」

そっと顔を上げると、微笑む国王と目が合った。

（うっわイケオジ。めちゃくちゃ好みだわ）

前世の私は、二次元では若いイケメンを愛《め》でていたけれど、現実での好みのタイプは年上だった。国王や侯爵、それから執事《しつじ》長も素敵だ。ノアは将来有望だと思うが、いまは美少年かわいい、と親戚の子を愛でるような気持ちでいる。

「良かったな、王太子よ。オリヴィア嬢が目覚めるまで気が気ではなかったのだろう」

「はい、父上。あんなにも真剣《しんけん》に創造神に祈《いの》りを捧《ささ》げたことはありませんでした」

「ははは！　そうか！　では、お前の祈りが通じたのだろう。これから創造神に感謝し、より一層真摯《しんし》に崇《あが》めるのだぞ」

親子の会話を聞きながら「あんなショタ神に感謝する必要ないです」と言いたくて仕方

がなかったが我慢《がまん》した。

「本当に、創造神デミウルのもたらした奇跡《きせき》のようですわね」

ねっとりと纏わりつくような声に、ビクリと肩が跳《は》ねた。

王妃が段上から、じっと私を見下ろしている。まるで獲物《えもの》を狙う蛇《へび》の目だ。それも蛇は蛇でも、凶悪《きょうあく》な毒蛇である。

「もしかして、神託《しんたく》の聖女とはオリヴィア嬢《じょう》のことだったりするのかしら」

にぃっと毒蛇が笑う。悪寒《おかん》が走り、思わず「私は悪役令嬢です！」と叫《さけ》びそうになった。

毒スキル持ちの聖女などありえない。だがそんな事情など知る由《よし》もない王が「余もそう考えていたところだ」などと同意するので、白目を剥《む》いて倒れたくなる。

「王太子とだけでなく、ぜひ私とも仲良くしてほしいものです。今度私のお茶会に招待するので、ぜひいらして？　第二王子もあなたと同い年だから紹介《しょうかい》するわ。ねぇ、聖女様？」

王妃のお茶会など、一体どんなレベルの毒が盛られるかわかったものではない。

しかも第二王子は逆行前、婚約者である私を断罪し、躊躇《ちゅうちょ》なく捨て去った男だ。最も関《かか》わりたくない人物ランキングトップ3に入る。可能なら顔すら見たくなかった。

だからと言って、理由もなく王妃からの誘《さそ》いを断るのは不敬に当たる。断らずに「ぜひ」などと返事をしようものなら、本当に招待状が送られてくるだろう。

どちらに転んでも私を待っているのは死だ。

　ここは聖女ではないと否定することで、なんとか誤魔化《ごまか》しお茶会についてはうやむやにするしかない。とにかく王妃と第二王子には近づかないようにしなければ。

　私は生意気ととられないよう深く頭を下げ、服従の意を示しながら口を開いた。

「畏《おそ》れ多いことでございます。私が聖女様であるはずが……」

「そうですね。オリヴィア嬢は聖女かもしれない」

　私の言葉を遮《さえぎ》り、ノアがそんなことを言うのでついまじまじと隣《となり》を見てしまった。

（はぁ……？　はあぁぁっ!?　何言ってくれちゃってるのこの人？）

「ちょ、の、ノア様何を――」

「ですが、彼女が聖女であろうとなかろうと、恩人に変わりはありません。命をかけて僕を救ってくれた彼女を、責任を持って幸せにしたいと考えております」

　なぜか誇らしげにそう宣言したノアは、私を見て微笑んだ。

　若干《じゃっかん》その頰《ほお》が色づいて見えるのは気のせいだろうか。なんだか嫌《いや》な予感がするのも気のせいだろうか。気のせいであってくれ。

　責任などどうでもいいので、とにかく毒から自分の身を守ってほしい。ノアが生きていてくれることが、私の平穏《へいおん》と幸せに繋《つな》がるのだ。人のことより自分を大事に生きてほしい。

「そうか。王太子の気持ちはよくわかった。それについては侯爵と話をせねばな」

「はい、父上」

息子の成長を喜ぶ親の顔で陛下が言い、ノアはそれにはにかむ。

微笑ましい父子の会話。なのになぜこんなにも居心地《いごこち》が悪いのだろう。何だか私の思惑《おもわく》とはまったく別の方向に事態が動いているような気がしてならない。

おまけに、聖女ではないと否定するタイミングを完全に逃《のが》してしまった。お茶会についてはうやむやにできたからよしとするべきだろうか。

「それとは別に、オリヴィア嬢には王太子を救った褒美《ほうび》をとらせる。何か望みはあるか？」

「い、いいえ。望みなど……あっ」

「遠慮《えんりょ》をするな。申してみよ」

私はノアをちらりと見てから、恐《おそ》る恐る口を開いた。

「分不相応であることは、重々承知なのですが……。これからも、王太子殿下《でんか》にお会いすることは可能でしょうか」

毒を盛られていないか、健康状態はどうかなどを定期的にチェックしておきたいので、自由に王太子に会いに行けると助かるな。という考えで言ったことなのだが……。

「オリヴィア……君という人は」

なぜかノアが頬を染めて私を見た。そんなに定期健診《けんしん》が嬉しいのだろうか。

戸惑《とまど》っていると、国王がはじかれたように笑いだすのでギョッとした。対照的に王妃は扇《おうぎ》で隠《かく》しているが、不機嫌《ふきげん》そうに私たちを見ていた。冷え冷えとした目が恐《おそ》ろしい。

「なるほど！　いいだろう！　侯爵令嬢オリヴィアの王太子宮への自由な出入りを許可する」

「あ、ありがとうございます、国王陛下……？」

「息子をよろしく頼《たの》むぞ、オリヴィア嬢」

（頼むって何を？　定期健診を？）

いや、まさか。王はノアが毒を盛られ続けていることを知らないはずだ。

だとすると、また王太子が毒で狙《ねら》われたときには、身を挺《てい》して救えということだろうか。

たぶんそうだ。そうに違《ちが》いない。そういうことにしておこう。

「お任せください、陛下」

命をかけて王太子をお守りします。なぜなら既《すで》に私とノアは運命共同体だから。ノアが死ねば私もいずれ死ぬだろう。文字通り命がけなのである。

やたらとノアがはにかむのが不可解だったが、とりあえず私は無事、謁見《えっけん》の間を後にすることができた。扉《とびら》が閉まり、安堵《あんど》の息を吐《は》く。

大丈夫《だいじょうぶ》だっただろうか。王妃に目をつけられたり、死亡フラグが立ったりしてはいないだろうか。いまさら心臓がバクバクいってふらついたところを、サッとノアに支えられた。

「オリヴィア、大丈夫か？」

「はい、なんとか……。ありがとうございました。ノア様がいなかったら私、死んでいたかもしれません」

「大げさだな。君を守ると言っただろう？僕は意味のない嘘《うそ》はつかない。もちろん陛下の前で言ったことも本当だ」

（陛下の前で言ったこと……って、何だっけ？）

緊張《きんちょう》し過ぎていて、中での会話はうろ覚えだ。それなのにノアが「君も同じ気持ちだったなんて、嬉《うれ》しいよ」などと言うものだから、なおさら何の話か聞きにくくなる。

視線を彷徨《さまよ》わせたとき、廊下《ろうか》の向こうからこちらに駆《か》けてくる人影《ひとかげ》を見つけた。

「オリヴィア……！」

「お、お父様？」

あまりに必死な様子に、私も自然と父に向かって踏《ふ》み出していた。

息を切らした父は私を抱《だ》きしめ「やっと会えた！」と叫んだ。

（やっと会えたって、どういうこと？）

戸惑う私の顔を見て、父は深くため息をつき教えてくれた。

私が倒《たお》れて王太子宮に運ばれたと聞き駆けつけてみれば、面会謝絶だと五日も顔を見ることすらできなかったらしい。どうやら毒のことは外部には秘密のようだ。

「あまり心配をかけてくれるな……」

「ごめんなさい……お父様」

強く抱きしめられながら、不思議な気持ちになった。

一度目の人生では親子らしい会話などなかった間柄《あいだがら》だ。てっきり父には嫌《きら》われていると思っていた。もしかして、自分で思っていたほど嫌われてはいなかったのだろうか。

そうだとしたら、二度目の人生では親子関係を良くできるだろうか。やり直せたらいいなと願いながら、父の大きな背中を抱きしめ返した。

「王太子殿下。この度《たび》は娘《むすめ》を助けていただき、心より感謝申し上げます」

「侯爵《こうしゃく》。後日、陛下から正式に話があると思うが、先に僕から直接伝えておきたい」

「何でしょう……？」

私の肩《かた》を抱く父の手に力がこもる。見上げた父の表情は硬《かた》かった。

「オリヴィア嬢を、僕の婚約者《こんやく》として迎《むか》えることにした」

「……いま、何と？」

「僕たちは婚約すると言ったんだ。侯爵とはいずれ義理の親子となるわけだな。これまで以上によろしく頼む」

こんやくしゃ。頭に浮《う》かんだのは灰色に黒い点々のついたぷるんぷるんの物体だった。

それはコンニャクだ、と妙《みょう》に冷静な自分がセルフツッコミを入れる。

父がバッと私に向き直り「どういうことか説明しろ」と目で訴《うった》えかけてくるが、むしろそれは私が言いたい。

「ええ～……？」

なぜそうなった。

気が遠くなっていく中「愛されたいって言ってたよね」という創造神の声が聞こえた気がした。


侯爵邸《てい》に着き馬車を降りてすぐ「部屋で休んでいるように」と言った父を見上げる。

表情に変化のない父は『氷の侯爵』と呼ばれているらしいが、娘である私から見ても感情が読み取りにくい。そのせいで逆行前はずっと疎《うと》まれていると思っていた。

だが謁見のあと私の許《もと》に駆けてきた姿は、氷の侯爵などではなく娘を案じるひとりの父親だった。

「……お父様は、これからどうされるのですか？」

「私は王宮に戻《もど》る。先ほどの殿下の発言について、陛下に確認《かくにん》せねば」

王太子の婚約発言のことか。馬車の中でも王太子に求婚されたのか聞かれたが、私はわからないと答えるしかなかった。ただ、名前で呼び合うことになったことは間違いなかったのでそれを報告すると、父は眉間《みけん》に深いシワを寄せて黙《だま》りこんでしまった。

それから侯爵邸に着くまで無言だったが、嫌な時間ではなかった。何か思案している父の顔を、好きなだけ盗《ぬす》み見ることができたから。

嫌われていないかもしれない。その可能性だけで、私は幸せな気持ちになれた。

「帰ったらまた話をしよう」

「はい。……あの、お父様。ご迷惑《めいわく》をおかけしてしまい、申し訳ありません」

私のせいで面倒《めんどう》ごとを増やしてしまった気がして頭を下げると、少しの間のあとポンと頭に大きな手が乗せられた。

そっと顔を上げると、ほんの少しだけ目元をゆるめた父が私を見下ろしていた。

「お前が謝る必要はない。ひとりにしてすまなかったな。心細かっただろう」

「お父様……」

王宮では私が勝手にその場を離《はな》れてひとりになったのに、そんな風に言ってくれるなんて。感動でじわりと涙《なみだ》が浮かんだ。

もしかしたら私の父は、とてつもなく不器用な人なのかもしれない。

「迎えに来ていただき、ありがとうございました。その……お帰りをお待ちしております」

「……ああ。行ってくる」

私の頭をひとしきり撫《な》でると、父は私の背後に目をやりキリリとした表情に戻った。

「オリヴィアを休ませてやってくれ」

屋敷《やしき》から出てきていた執事《しつじ》長とフレッドが、そろって「畏《かしこ》まりました」と頭を下げる。

「お父様。お気をつけて」

少し名残惜《なごりお》しそうな表情を見せた父だったが、婚約の話が気がかりなのだろう。氷の侯爵の顔で馬車に乗り王宮へと戻っていった。

(何事もなければいいけど……っていうか、婚約の話も間違いであってほしい)

子どもの戯言《たわごと》だと、国王が笑い飛ばしてくれることを願うしかない。

色々ありすぎてドッと疲《つか》れを感じながら屋敷に入ると、エントランスに更《さら》なる疲れの元がふたりも待ちかまえていた。もちろん、継母《ままはは》と義妹《ぎまい》・ジャネットのことである。

「随分《ずいぶん》と遅《おそ》かったじゃない、オリヴィア」

私はあからさまにため息をついてから「ただいま帰りました」と軽く頭を下げた。

「何よ、その態度！　いきなりいなくなったかと思えば、王太子殿下《でんか》の前で倒れて、ずっと王宮で診《み》ていただいたんですってね！　仮病《けびょう》でわざと倒れたんでしょう、図々《ずうずう》しい！」

ジャネットがキィキィわめき、敵意のこもった目で睨《にら》みつけてくる。

一度目の人生では、私はふたりからの報復を恐《おそ》れて何を言われても反論できなかった。口答えしようものなら、食事を抜《ぬ》きにされたり、鞭《むち》で打たれたり、窓のない物置部屋に閉じこめられたりと様々な虐待《ぎゃくたい》を受けるのだ。

長年の虐待は私から反抗《はんこう》する意思を削《そ》ぎ、操《あやつ》り人形にさせた。国の宝である聖女に毒さえ盛る、使い捨ての操り人形に。

でも、いまの私は人生二度目。しかも前世の記憶《きおく》持ち。受けてきた虐待よりさらに苦しくつらい経験をしたし、精神年齢《ねんれい》も上がったいまは継母も義妹のことも恐《こわ》くない。

「誤解です。確かに倒れはしましたが、仮病などではありません。それは診てくださった王宮医の方が証明してくださるでしょう」

「随分強気じゃない。王太子殿下とお近づきになったからって調子に乗ってるのね。なんて身の程《ほど》知らずなの！」

「まったくね。王太子殿下にもご迷惑をおかけするし、とてもじゃないけど恥《は》ずかしくて社交界にも出せやしないわ」

お仕置きが必要ね、と継母が一歩前に出る。

私をまた離れに軟禁《なんきん》し、仕置き部屋で鞭打ちするつもりだ。

（よーし、来るならこい！　鞭奪《うば》って返り討《う》ちにしてやるわ！）

と意気込んだとき、それまで黙っていたふたりの執事が私の前に出て並び立った。

「あなたたち、邪魔《じゃま》よ。どきなさい」

継母が気分を害した様子で命令したが、執事長とフレッドは動かない。

「奥様。オリヴィアお嬢様《じょうさま》は王宮から戻られたばかりなうえ、病《や》み上がりです」

「だから？　お前は何が言いたいの？」

「旦那《だんな》様からも指示を受けておりますので、お嬢様にはすぐにお部屋でお休みいただきます。ご理解ください」

お引き取りを、と慇懃《いんぎん》無礼な執事長に、継母も義妹も顔を真っ赤にした。

「執事風情《ふぜい》が……生意気な！」

「あんたもよ、オリヴィア！　執事に守られて、王太子宮で寝泊《ねと》まりして、お姫様《ひめ》にでもなったつもり!?」

「まさか。私はお姫様でも聖女様でもありませんし」

「当然でしょ！　何バカなこと言ってるのよ！」

何を言っても怒《おこ》る。ヒートアップするふたりに、このままでは埒《らち》が明かないなと思っていると、外から馬のいななきが聞こえてきた。

父が引き返してきたのかと思ったが、フレッドが対応に出ると、まったく予想しなかった客の訪《おとず》れを知らされた。それは私にとっては招かれざる客で――。

「王太子殿下より、婚約者であるアーヴァイン侯爵家令嬢オリヴィア様に贈《おく》り物です」

王宮の馬車から現れた身なりの良い従僕が、にこやかにそう告げたとき、継母たちが「婚約者!?」と悲鳴じみた声を上げた。従僕が数台の馬車から次々と花束や大量のプレゼントの箱を運びこんでくる様子に、継母たちはぼう然と立ち尽《つ》くしている。

同じく私も、信じられない気持ちで見つめることしかできなかった。

（殿下の仕事が早すぎる……！）

父が国王陛下に確認を取りに行く間もなく、こんな風に婚約者《こんやく》と宣言し、目立つ形でプレゼントを送りつけてくるとは。完全に外堀《そとぼり》から埋《う》めようとしている。

「こちらは国王陛下からの書簡です」

プレゼントを運び終わると、最後に従僕が私に見せてきたのは、王家の紋章《もんしょう》入りの書簡だった。嫌《いや》な予感しかしない。

見たくない、という私の心の声など聞こえるはずもなく、従僕はあっさりと書簡の内容を読み上げた。

「イグバーン王国王太子である、第一王子ノア・アーサー・イグバーンと、アーヴァイン侯爵《こうしゃく》家嫡女《ちゃくじょ》オリヴィア・ベル・アーヴァインの婚約を認める」

(やっぱりかー!)

嫌な予感ほどよく当たる。白目を剥《む》いて倒《たお》れたい気分だった。

「信じられない……オリヴィアが、王太子殿下の婚約者だなんて……」

「こんなのありえない……!」

継母たちが、私を射殺さんばかりに睨みつけてくる。

だが従僕の目を気にしてか、睨みつける以上のことはできないようで、悔《くや》しげに歯がみするばかりだった。いっそ逆上して書簡を破り捨てでもしてくれたらいいのに。

「オリヴィアお嬢様。王太子殿下とご婚約されたのですね」

「おめでとうございます、お嬢様！」

執事長とフレッドが、嬉《うれ》しそうに誇《ほこ》らしそうに言うので困ってしまう。

「ええと……まだ、正式なものではないから……」

騒《さわ》ぎにしたくない、という意味で言ったのだが、フレッドには「照れていらっしゃるんですね」と微笑《ほほえ》まれてしまった。

従僕が馬車で去ると、執事長の指示で、メイドたちが大量のプレゼントを離れに運んでいく。私も渡《わた》された花束を抱《かか》え、彼らに続いて離れへと向かう。背中に継母たちの視線を痛いくらい感じていたが、無視をした。

『我が愛《いと》しの聖女へ』

花束に添《そ》えられていたメッセージカードに、深いため息を吐《は》きかける。

逆行前は聖女を害する第二王子の婚約者で、今度は偽《いつわ》りの聖女様？

第一王子を助けてシナリオを変更《へんこう》し、悪役から脱《だっ》してバッドエンドの運命を変える予定だったのに——。

(これじゃあ私、結局悪役のままじゃない……？)

✦

まるで雲の中にいるような、白い霧《きり》がかった空間にいた。

ああ、きっとこれは夢だ。直感でそう思ったとき、あの憎《にく》たらしい声が響《ひび》いてきた。

『オリヴィア……オリヴィア……聞こえてる？』

ショタ神、もとい創造神デミウルが、夢の中で私に語りかけてくる。

なぜいつもの朽《く》ちた祭壇《さいだん》ではないのだろう。姿も見せず声だけなのもどうしてなのか。

会えたら次こそは一発殴《なぐ》っておきたかったのに、と悔しい気持ちでいると、私の心を読んだのか『助っ人《すけと》を送ったから、殴るのは勘弁《かんべん》してよ』と苦笑《くしょう》する声が。

(助っ人って、誰《だれ》のこと？)

色々説明の足りないポンコツ神なので、きちんと確認《かくにん》しておきたかったのに、『もう時間だね』という言葉にまたかとため息をつきたくなった。

『これで約束は……守ったからね……』

デミウルの声が遠《とお》退《の》いていく。

(次こそ絶対殴ってやるから、首を洗って待ってなさいよーっ！)

白い霧ですべてが埋めつくされる直前、犬の遠吠《とおぼ》えのような声が聞こえた気がした。

✦

ハイヒールの歩きにくさにかまうことなく、ズンズンと森を進む。

苛立《いらだ》ちが治まらない。せっかくの優雅《ゆうが》な午睡《ごすい》を味わう予定が、さっきは最悪な目覚めだった。あれだけ言ったというのに、また中途半端《ちゅうとはんぱ》なことをしてくるとは。

（助っ人って誰のことよ。名前とか、見た目とか、いつ出会うとか、説明できることは山ほどあるでしょうが）

「待ってくださいよお嬢様～！　どこまで行かれるおつもりなんですか～」

日傘《ひがさ》を持ったアンが必死に追いかけてくる。存在を忘れかけていた私は足を止めた。

イライラしても仕方ない。ストレスは美容の大敵だ。助っ人についてはデミウルが送ると言ったのだから、いずれ会えるのだろう。それまでは私はできることをしていればいい。

私がするべきことはふたつ。デトックスとスキルアップだ。

そのために、離《はな》れの裏に広がる森へと散策に出かけることにした。侯爵邸《てい》の敷地《しきち》なので人はいないし、自然のままなので様々な植物が自生していると踏《ふ》んだのだ。

「けっこう奥まで来ちゃいましたけど、大丈夫《だいじょうぶ》なんですか？」

いつもの散歩のコースを外れ、森の奥へと入っていく私に、ついてきたアンは不安顔だ。

「大丈夫よ。近くで獣《けもの》が出たなんて話はないんでしょう？」

「それはそうですけど……」

「あっ！　あった、ダンデライオン！」

明るい黄色の花を見つけ、しゃがみこむ。アンに「ドレスが汚《よご》れます～！」と注意されたが聞こえないふりをした。

ダンデライオンは日本で言うタンポポのことだ。素朴《そぼく》な花を引っこ抜《ぬ》き、持ってきたカゴに入れると、アンはまた何かおかしなことをし始めたぞという目をした。

「そんな風に花を引っこ抜いてどうするんです？　離れの庭にでも植えるんですか？」

「違《ちが》うわよ。デトックスに使うの」

使うのは苦み成分のあるダンデライオンの根の部分だ。肝臓《かんぞう》や胃を強化してくれ、便秘解消、母乳の出を良くするなんて効果もある。利尿《りにょう》作用も高く、むくみにいい。根を炒《い》ってから抽出《ちゅうしゅつ》するとタンポポコーヒーになる。この世界でコーヒーを見たことがないので、紅茶に飽《あ》きてコーヒーが飲みたくなったら、これで代用したい。

「よく見かける花がデトックスに使えるんですか！」

「そうよ。帰ったらまた厨房《ちゅうぼう》を借りて、これでお茶を淹《い》れてみるから、アンも手伝って」

「了解《りょうかい》しましたお嬢様《じょうさま》！」

相変わらず現金なアンに笑いながら、辺りを見回す。他《ほか》にもデトックスに使えそうな植物はありそうだ。もしかしたらこの世界特有のもので、使える植物があるかもしれない。

植物図鑑《ずかん》がほしい。父に頼《たの》めないかと考えていると、不意にピコンと電子音が響いた。

【毒草：エイデラの葉（毒Lv．1）】

紫《むらさき》のスズランのような小さな花をつけた植物に、警告ウィンドウが表示されている。

（見つけた毒草！　しかも毒レベル1！　食べられる！）

毒草を食べられることに喜ぶ自分に、少々複雑な気持ちになったが仕方ない。レベルを上げるためには毒を摂取《せっしゅ》しなければならないのだ。レベル1なら経験値を得られるだけで害もないし。美味《おい》しいし。と自分に言い訳をする。

だがアンの前で毒草を採取するわけにはいかない。何とかひとりにならなければ。

「あー……ええと、アン？　ダンデライオンをもっとたくさん採りたいから、もうひとつカゴを持ってきてもらえる？」

「ええ？　このカゴだけでも結構な量だと思いますけど。それにお嬢様の傍《そば》を離れるわけには――」

「乾燥《かんそう》ハーブにしたら半分あなたにあげるから」

「はい喜んでー！」

居酒屋店員のような返事をすると、アンは屋敷へと駆《か》けていった。扱《あつか》いやすくて助かる。

「アンが戻《もど》ってくる前に、ちゃっちゃと採取しますか」

ハンカチを広げ、そこにぷちぷち摘《つ》んだエイデラの葉を集めていく。

レベルを上げるためにも、多めに採っておいたほうがいいだろう。

「……ちょっとだけ、かじってみようかな。葉っぱの先をほんの少しだけ」

誰にともなく言い訳をしながらエイデラの葉をかじると、瑞々《みずみず》しく爽《さわ》やかな甘さが口の中に広がった。

「んんっ！　何これ、果物みたい〜！　毒の入ってた料理とは違って、素材そのものの美味しさって感じ。これ何枚でもイケちゃうわ〜」

【毒を摂取しました】

【毒の無効化に成功します】

【毒の無効化に成功しました】

【経験値を20獲得《かくとく》しました】

美味しく食べてレベルアップできるなんて、まったくデミウルはなんと罪な設定にしてくれたのだろう。おかげで毒草を食べる手が止まらないではないか。

だがそろそろアンが戻ってくるかもしれない、と毒草をハンカチで包み胸元《むなもと》に隠《かく》したとき、背後でガサリと草のこすれる音がした。

「アン？　戻った、の……？」

振《ふ》り返ると同時に、笑顔《えがお》が固まった。藪《やぶ》をかきわけ現れたのは私付きのメイドではなく、いかにも破落戸《ごろつき》といった風体《ふうてい》の怪《あや》しげな男たちだった。明らかに侯爵《こうしゃく》邸の使用人ではない。

「だ、誰っ！」

男たちは顔を見合わせ「こいつか？」「銀髪《ぎんぱつ》だ、間違《まちが》いねぇ」と確認している。

すぐにピンときた。継母《ままはは》だ。継母がこの男たちに、私を狙《ねら》うよう指示したのだろう。手引きもなしに侯爵邸の敷地に入れるわけがない。

目的は何だ。私を拉致《らち》でもする気か。身構える私の目の前で、男たちがギラリと光る得物を取り出した。まさか、と血の気が引くのと同時に、頭に電子音が響く。

【ナイフ（毒塗布《とふ》）：ジャコニスの鱗粉《りんぷん》（毒Lv.1）】

前にも見た毒で、レベルにもほっとしたのは一瞬《いっしゅん》だった。

毒はいい。いや、良くはないが、耐《た》えられるレベルだからまだいい。だが、毒に耐えられたとしても――。

（ナイフで刺《さ》されたら死ぬ！　普《ふ》通《つう》に死ぬ！）

私に与《あた》えられたのは毒スキルのみで、物理攻撃《こうげき》を防ぐ力は一切《いっさい》備わっていないのだ。

「あっ！　待ちやがれ！」

迷う余地はなく、私は屋敷に向かって駆けだした。だがドレスにハイヒールという姿で破落戸たちから逃《に》げきれるわけもなく、あっさりと捕《つか》まってしまう。

「やめて！　放して！」

「へへ。俺らも生活がかかってんだ。悪く思うなよ」

男が私に向かって、ナイフを振りかざす。

こんなところで死ぬのか。せっかくやり直したのに、一度目の人生以上に短い人生なんてあんまりだ。

（あのショタ神、詐欺《さぎ》だって訴《うった》えてやる！　呪《のろ》ってやる！）

「死ね！」

ナイフが風を切る音がした。刺される、と目をつむり痛みを覚悟《かくご》したが、一向にその痛みが訪《おとず》れない。痛みを感じる間もなく死んだのだろうか。

恐《おそ》る恐る目を開けると、想像もしない光景が待っていた。

「な、なんだコイツ……!?」

まるで私を守るかのように破落戸たちとの間に立っていたのは、ピンと立った耳、左右に揺《ゆ》れるふんわりとした長い尻尾《しっぽ》、すらりとした四つ足の、美しい毛並みの白い獣だった。

「貴族は敷地に狼《おおかみ》なんか飼ってんのかよ」

「バカ言え！　こんなでけぇ狼がいるか！」

「じゃあコイツは何なんだよ！」

「まさか、精霊《せいれい》……!?」

突然《とつぜん》の大きな獣《けもの》の乱入にうろたえる男たち。

いまなら逃げられるかもしれない。だが腰《こし》が抜けてしまい立つこともできなかった。

白い獣が喉《のど》を鳴らし威嚇《いかく》すると、男たちはじりじりと後ずさりし始める。

「こんなの聞いてねぇぞ！」

「精霊がいるなんて、割に合わねぇっ」

獣がウォンとひと鳴きした瞬間、男たちは武器を放《ほう》り投げた。悲鳴を上げて、脱兎《だっと》のごとく逃げていく。

助かった、と息をつく私を、白い獣がくるりと振り返った。

（いや、全然助かってなくないこれ？）

むしろ絶体絶命のピンチではないだろうか。

獣が人を救うなんてことはまずない。幼獣《ようじゅう》のときに一緒《いっしょ》に遊んでいたとか、昔怪我《けが》していたところを助けてやっていた、なんて過去があれば別かもしれないが、生憎《あいにく》悪役令嬢のオリヴィアはそんなほっこりエピソードは持ち合わせていないのだ。

ということはやはり、助けてくれたのではなく、私を食べるつもりなのでは……。

（無理無理無理！　獣に食い殺されるなんて、絶対無理！　ナイフで一思いにやられるほうがマシだったわ！）

こういうとき、攻撃系のスキルがあれば戦えるのに、と悔《くや》しく思う。毒スキルなどではなく、炎《ほのお》や風など一般的《いっぱん》で汎用性《はんよう》の高いスキルがほしかった。切実に。だがないものはないのだ。こうなったら、さっき摘んだ毒草をまとめて獣の口に突《つ》っこんで――。

『毒草かぁ。食べられないことはないけど、くれるなら木の実のほうがいいなぁ』

「……えっ」

不意に高く愛らしい子どもの声が聞こえ、驚《おどろ》いて顔を上げる。

急いで辺りを見回すが、森には私と白い獣しか見当たらなかった。

「まさか……」

『あとねぇ、果物も好きだよ。でもすっぱいやつは、ちょっと苦手なんだぁ』

「……！　喋《しゃべ》ってる！　いま喋ったよね⁉　えっ⁉　この世界の狼って喋るの⁉」

『狼じゃないよぅ。こんなにかっこよくて立派な狼いるわけないでしょぉ』

プスー、と白い獣が鼻を鳴らす。

怒《おこ》ったかと思ったが、白いふさふさな尻尾は機嫌《きげん》良さそうに左右に揺れている。こんなに大きいのに、中身が子どものようで可愛《かわい》らしく見えてきた。

「ええと……じゃあ、あなたは何者？　さっきの男たちが言っていた精霊なの？」

確か狼の姿をした、フェンリルという水の精霊がいたはずだ。

だが目の前の獣はブンブンと首を横に振る。

『違うよぅ。僕は神獣』

「しんじゅう？」

『創造神デミウル様の使いだよ。デミウル様が、君を手助けしてやれってさ』

「手助け……デミウルの、使い……ああっ！　夢で言ってたやつ！」

あの不愉快《ふゆかい》な夢でデミウルが助っ人《すけと》と言っていたのが、目の前の獣のことだったらしい。

（助っ人っていうか、人じゃないじゃん。獣じゃん）

ツッコみたいことは多かったが、とりあえずこの神獣とやらのおかげで助かったのだ。

彼がいなければ、いまごろモブに殺害されバッドエンドを迎《むか》えていただろう。いや、乙女《おとめ》ゲーム的には悪役令嬢《れいじょう》が死ねばグッドエンドかもしれないが。

「助けてくれてありがとう……ええと、あなたの名前は？」

『名前はまだないんだー。オリヴィアがつけていいって』

「ええ？　あのショタ神、相変わらず手抜《てぬ》きしてるんだから……。じゃあ、そうね。神獣だからシンちゃん？　何か幼稚園児《ようちえんじ》っぽいな……。狼だからロウ？　それはちょっとかっこよすぎか……うーん、よし！　真っ白だから、シロ！　あなたはシロね！」

『安直だけどぉ、まあいいや。じゃあ、名前もつけてもらったことだし、行こうか』

乗れ、とばかりに伏《ふ》せるシロに首を傾《かし》げる。

「行くってどこに？　家はすぐそこだけど」

『君ってすぐ死にかけるみたいだから、もっと安全なところだよ』

いいから乗れ、と言われ、なんとか大きな背中によじ登った。

真っ白な毛はふわふわで、思わず顔をうずめたくなるほどだったが――。

『じゃ、落ちないようにしっかりつかまっててね～』

のんびり言うと、シロは力強く地面を蹴《け》り飛び上がった。比喩《ひゆ》ではなく、本当に空を飛んだのだ。

「う……っそでしょー!?」

青空に悪役令嬢の悲鳴が響《ひび》き渡《わた》った。

✦

「オリヴィア……君って人は、僕を驚かせる天才なのか？」

神獣に乗って突然空から降ってきた私に、ノアは面白《おもしろ》がるように言った。

神獣シロが空を飛んで向かった先は、王太子宮だったのだ。

「うう……不可抗力《ふかこうりょく》です……」

空の散歩という恐《おそ》ろしい体験をした私は、全身が震《ふる》えて動けない。ノアは私をギュウと一度強く抱《だ》きしめると、私に手を貸し立たせてくれた。

「これは……精霊？　フェンリルか？」

警戒《けいかい》するようなノアの視線の先には、行儀《ぎょうぎ》よくお座りをするシロがいる。

褒《ほ》めて褒めて、というような顔で長い尻尾を揺らすシロ。私が上空であれだけ死にかけていたのに、まったく気にした様子がない。なるほど、あのショタ神の使いという感じだ。

『違《ちが》うよー。僕はねぇ』

「あー！　そうです！　この子は精霊フェンリルです！」

慌《あわ》ててシロの言葉を遮《さえぎ》り誤魔化《ごまか》した。

咄嗟《とっさ》にフェンリルということにしてしまったが、丁度いい。フェンリルは水の上位精霊だ。下位精霊は人の言葉を理解できるだけだが、上位精霊は人語を操《あやつ》ることもできる。

王妃《おうひ》にこれ以上目をつけられないためにも、シロが神の使いだということは伏せておきたいので、今後シロにはフェンリルとして振《ふ》る舞《ま》ってもらおう。

「フェンリルとは、こんなに大きく白かったか……？」

「せ、精霊にも人間と同じで個性があるのですね！　私も珍《めずら》しい髪《かみ》色をしておりますし！」

「ああ……確かに」

フッと青い目を細め微笑《ほほえ》んだノアは私の髪をひとふさ手にとり、おもむろに口づけた。

「君の髪は、誰《だれ》より美しいな」

（あっっっっっまい!!）

甘すぎるノアの仕草に、きゅんとしすぎて心臓が飛び出るかと思った。

これで私が前世のアラサー女子の記《き》憶《おく》などないただの貴族の令嬢であれば、完全に恋《こい》に落ちていただろう。まったく末恐ろしい十三歳だ。

「ところで……なぜ君がフェンリルに乗って空を飛んで現れたのかな？　よく見るとドレスもあちこち汚《よご》れているじゃないか」

「えっ。そ、それはですね。えーと……」

「説明してくれるね、オリヴィア？」

にっこりと、それはそれは美しく、しかし有無《うむ》を言わせない圧を発するノアの笑顔《えがお》。

私は冷や汗《あせ》をかきながら、どう説明するべきか頭をフル回転させるのだった。

正規の手続きを踏《ふ》まず空から王宮に侵入《しんにゅう》してしまった私を、ノアは王太子宮へと匿《かくま》ってくれた。そして秘密裏《ひみつり》に父・アーヴァイン侯爵《こうしゃく》を王太子宮へ呼びつけた。

すぐに駆《か》け付けた父は、ノアとお茶をしている私の姿を見て脱力するように息をついた。

「つい先ほど我が家の執事《しつじ》から、オリヴィアが敷地《しきち》内の森で行方《ゆくえ》不明になったと連絡《れんらく》があったばかりなのですが……」

「申し訳ありません、お父様」

迷惑《めいわく》をかけてしまった、と落ちこんでいると、隣《となり》に座った父に頭を撫《な》でられた。

「お前が無事でよかった。怪我《けが》などはしていないな？」

「はい。大丈夫《だいじょうぶ》です」

「大丈夫ではない。事態は深刻だぞ、侯爵」

父が来る前に、ノアには森で殺されかけたことを話してあった。ノアからその話を聞いた父は青褪《あおざ》め、それからすぐに怒《いか》りを押し殺すかのように震え出した。

「私の屋敷に侵入したうえ、娘《むすめ》を害そうとした不届き者がいると……？」

すぐに見つけ出し殺さねば、と父が剣《けん》を手に立ち上がろうとするので、慌てて止めた。

「お、お父様！　お父様は騎士《きし》団の団長です！　私刑《しけい》はいけません！」

「そうだぞ侯爵。仲間や指示を出した者を聞き出さなければ。殺すのはそのあとだ」

「ノア様!?」

「それに侯爵。不届き者を始末するとなると、そなたは身内を自らの手で殺さねばならなくなるが、その覚悟《かくご》はあるか？」

「一体、どういうことなのです……？」

戸惑《とまど》う父に、ノアはこれまでのことをすべて話してしまった。私の置かれた環境《かんきょう》、受けてきた虐待《ぎゃくたい》、先日王宮で倒《たお》れた真実についてもだ。

父は次第《しだい》に顔色を失い、絶句していた。それはそうだろう。実の娘が後妻に虐待を受け、毒まで盛られていたのだ。いくら氷の侯爵でも衝撃《しょうげき》を受けないはずがない。

「まさか、イライザが……」

私を抱きしめ、父は「すまない」と苦しげに吐き出した。

「お前がそんな目に遭《あ》っていることに気づきもせず、私は……」

「私……お父様には、嫌《きら》われているのだとずっと思っていました」

「バカなことを！　……いや、そう思わせてしまったのは私のせいだ。オリヴィア。お前と距離《きょり》を置いたのは嫌っていたからではない。その逆だ。愛《いと》おしくて、距離を置いたのだ」

父は私の実母である前侯爵夫人を、心から愛していたのだと話してくれた。

母の身分が低く、結婚《けっこん》するために王族派の貴族に頼《たの》み母を貴族の養女にしたこと。本来アーヴァイン侯爵家は政治的に中立の立場を取らなければならないこと。そのため母が亡《な》くなったあと、貴族派のイライザを後妻として迎《むか》えなければならなかったことも。

「オリヴィア、お前は母親に瓜二《うりふた》つだ。そんなお前が可愛《かわい》くないわけがないが、イライザたちを蔑《ないがし》ろにするわけにもいかない。だが目の前にいればお前にしか目がいかなくなってしまう。だから私は距離を置くしかなかったのだ……すまなかった」

「もう、もういいですお父様。お父様に嫌われていないとわかっただけで、充分《じゅうぶん》です」

「嫌うわけがない。愛している、オリヴィア」

「お父様……！」

逆行前、私に最後まで冷たかった父の姿がゆっくりと消えていくのを感じた。

あんな目を向けられるようになる前に、こうしてきちんと言葉を交《か》わしておけばよかったのだ。いや、もう後悔《こうかい》はしない。そのためにいま私は生きているのだから。

父との熱い抱擁《ほうよう》に涙《なみだ》ぐんでいると、コホンとノアがわざとらしい咳《せき》ばらいをした。

「君たちの親子愛はよくわかった」

「はい、殿下《でんか》。オリヴィアを守るためでしたら、私は何でもいたします。まずは後妻のイライザとは離縁《りえん》し、それ相応の罰《ばつ》を――」

「待て待て待て。早まるな。まだ向こうを刺激《しげき》するのはまずい。何よりも大事なのは、オリヴィアの身の安全だ」

「と、言いますと……？」

「此度《こたび》の一件、僕は王妃エレノアが関《かか》わっているとみている」

ノアの発言に、一瞬《いっしゅん》父の表情が固まる。

だがすぐに復活し「イライザの家は王妃の実家の傍系《ぼうけい》です」と神妙《しんみょう》に頷《うなず》いた。

「王妃が関わっているとなると、王太子宮に匿い続けるのも得策とは言えない。考えたのだが……侯爵領のどこかに、オリヴィアを隠《かく》すことはできないか？」

私を隠す、というノアの提案にギョッとしたけれど、父は当然のように「可能です」と話を続ける。

「随分《ずいぶん》使っておりませんが、先代が別荘《べっそう》を建てた小さな離島があります」

「離島か……悪くない」

「ええ。建物の手入れや人の配置に少々時間はかかりますが」

「では準備が整うまで、オリヴィアは王太子宮で預かろう」

にこやかにノアが言ったが、今度はその提案に父は難色を示した。

「そこまでしていただくわけには参りません。王都の外れにでも、オリヴィアを匿う場所を急ぎ用意いたします」

「さすがにすぐには無理だろう。警備の面も心配だ。このまま王太子宮に身をひそめるほうが現実的だと思うが？」

「先ほど王妃《おうひ》が関わっているから、ここも危険だとおっしゃっていたではありませんか」

「長い期間は難しいという話だ。しばらく離《はな》ればなれになるのだから、せめてその前に短い間だけでも傍《そば》にいてほしいと思うのは、婚約者として当然だろう？」

ノアと父の間で火花が散っているように見えるのは気のせいだろうか。話し合い自体は静かに進んでいるのだが、まるで言葉のナイフで切り合っているかのようだ。

ふたりのやりとりに口を挟《はさ》めずにいると、いつの間にか私は静養の目的で王立学園入学まで離島に身を隠すことが決定していた。元々病弱であった私が、森で道に迷い数日彷徨《さまよ》い続け、発見されたときには心身ともに衰弱《すいじゃく》していたため、という設定らしい。

（私のことなのに、本人の意思はいずこ……）

しかしこの過激な保護者たちに下手《へた》なことを言うのも良くない気がして、もんもんとしていると、ノアの部屋を嗅《か》ぎまわっていたシロが寄ってきた。

『オリヴィア〜。僕、お腹《なか》すいた』

「えぇ？　食事が必要なの？　じゃあ……とりあえず、クッキー食べる？」

精霊《せいれい》に食事は必要なかったはずだが、神獣《しんじゅう》は食べるのか。面倒《めんどう》な。

茶菓子《ちゃがし》のクッキーを食べさせると、シロは『美味《おい》しいけど、何か物足りなーい』などと贅沢《ぜいたく》なことを言って、今度は昼寝《ひるね》をし始めた。なんてマイペース。さすがあのショタ神の使いなだけある。

「オリヴィア。先ほどから気になっていたが、その狼《おおかみ》は……？」

訝《いぶか》しげに私とシロを交互《こうご》に見る父。

私はシロの耳の付け根あたりを撫でながら父に紹介《しょうかい》した。

「森で私を助けてくれた精霊フェンリルです。そのまま契約《けいやく》して、ここまで連れてきてもらいました」

「フェンリルと契約だと？　だがお前は――」

父の戸惑う様子にピンときた。

この人は恐《おそ》らく、私に加護がないことを知っているのだ。通常、精霊との契約は学園入学後、加護に合った属性で行われる。だが悪役令嬢《れいじょう》オリヴィアには本来加護がない。一度目の人生でも私はどの精霊とも契約することができなかった。

(でもシロは精霊じゃなくて神獣だし、いまの私には創造神の加護があるしね。不本意だけど。もの凄《すご》く不本意だけど)

「稀《まれ》に精霊に好かれ、幼い頃《ころ》から契約をする者もいると聞く。オリヴィアは精霊に好かれているのだろう」

聖女だしな、とノアがなぜか自慢《じまん》げに言うが、私は精霊にはむしろ嫌われているし、聖女でもない。やはり騙《だま》しているようで心が痛む。いつか真実を話せるときは来るだろうか。

父はまだ納得《なっとく》がいっていないのか、何か言いたそうにしていたが、結局それ以上追及《ついきゅう》されることはなく、密談は終わった。

第三章

「おはよう、オリヴィア」

目覚めると、朝陽《あさひ》より光り輝《かがや》く王子スマイルが目の前にあった。

そのまばゆい笑顔《えがお》に目をやられながらも、これだけは言っておかなければならないと、寝起きでかすれた声をしぼり出す。

「ノア様……逆です」

「ん？」

「何度も言っていますが、いまの私はただのメイドです」

壁《かべ》にかけたお仕着せのメイド服を指さす。

王太子宮に身を隠している間、私はメイドに扮《ふん》し生活することに決まったのだ。

「そうだな。メイド服を着た君もまた美しいよ」

「そういうことではなくてですね、私が・ノア様を・起こすんです！　王子様がメイドを起こしに来てどうするんですか……」

王太子宮に来て、今日で五日。私は毎朝こうしてノアの王子スマイルで起こされている。

私が早起きをしても、彼はそれ以上に早く起きて、こんな風に私に添《そ》い寝《ね》しベッドでスタンバっているのだ。

「いいんだよ。僕が君の天使のような寝顔を見たいだけだからな」

「絶対にノア様の寝顔のほうが天使だと思いますけど……。マーシャ、殿下は朝に弱いという話じゃなかったかしら……？」

ノアと一緒《いっしょ》に私の部屋に来ていたマーシャが「そのはずだったのですけれど」と笑う。

「愛の力は偉大《いだい》ですわね。お寝坊《ねぼう》さんな殿下がこんなに早起きさんになられるんですもの」

「マーシャ、その言い方はないだろう」

「あらあら。照れていらっしゃるのですか？　婚約《こんやく》者様の前では格好をつけたいお年頃なのですねぇ」

「マーシャ……」

マーシャには勝てず苦笑《くしょう》するノア。仲の良さそうなやりとりに、私も笑うしかない。

王太子のお付き侍女《じじょ》であるマーシャによると、ノアは王太子としてとても多忙《たぼう》な日々を過ごしているらしい。まだ学園入学前の十三歳にして、既《すで》に国王の政務の補佐《ほさ》を務めているという。次期国王としての教育は、貴族の勉学よりも先に行われているのだ。

諸外国との外交の場にも当然参加し、国の歴史や貴族の関係、周辺国の情勢などを積極的に学び、剣術《けんじゅつ》の鍛錬《たんれん》までもしているというから驚《おどろ》きだ。忙《いそが》しいときは食事も抜《ぬ》いているという。いままで若さで乗り切ってきたのだろうが、これではいつか倒《たお》れてしまうだろう。

だから私は領地の離島《りとう》に引きこもる前に、ノアの生活改善を目指すことにした。睡眠《すいみん》や食事など生活の質を上げて、デトックスを促進《そくしん》させる。慢性《まんせい》中毒状態から脱《だっ》してもらわなければ、安心して離島に引っこめない。

「一日を君のかわいらしい寝顔を見ることで始められるというのは、この上ない幸福だな」

「私は毎朝ノア様の甘いお言葉に溶《と》かされて、そのうち消えてしまいそうです」

「それはいけない。君が消えてしまわないよう、しっかり捕《つか》まえておかなくては」

「またそういうことを……」

王子様の甘い囁《ささや》きにたじろぎながらも、先にベッドを降りた彼が手を差し出してくるので、つい反射で手をとってしまう。その瞬間《しゅんかん》、頭の中でピコンと電子音が響《ひび》いた。

【ノア・アーサー・イグバーン】
性別：男　年齢《ねんれい》：13
状態：慢性中毒
職業：イグバーン王国王太子・オリヴィアの婚約者・オリヴィア強火担《つよびたん》

（王太子が強火担て……）

表示されたノアのステータス画面に、一瞬目眩《めまい》を起こす私だった。

シロが教えてくれたのだが、このステータスは毒の警告ウィンドウとは違《ちが》い、私が直接他人に触《ふ》れることで表示されるらしい。手袋《てぶくろ》や服越《ご》しでは反応しないし、意識すれば非表示にできるとわかりほっとした。

それにしても、いまだノアの状態は慢性中毒。数日のデトックスでは出し切れないほど、彼の体に毒が蓄積《ちくせき》されているのだろう。王妃《おうひ》エレノアは、これまでもじわじわと時間をかけてノアを苦しめてきた。その執念《しゅうねん》と残酷《ざんこく》さを考えると恐ろしくて鳥肌《とりはだ》が立つ。

「ノア様。体調はいかがですか？　頭痛や吐《は》き気などはありませんか？」

「どうした急に。以前はよく頭痛も吐き気もあったが、オリヴィアが来てからは良好だよ」

「殿下《でんか》は根を詰《つ》めすぎなのですわ。もっとお体を大事になさってください」

ノアは苦笑しているが、マーシャの心配ももっともだ。

離島の準備が完了《かんりょう》次第《だい》、私はここを発《た》たなければならない。それまでにノアの状態異常をどうにかしなければならないのだが――。


お仕着せの制服に白いエプロンを身に着け、目立つ銀髪《ぎんぱつ》はまとめてメイドキャップに押しこみ、仕上げに分厚く大きな伊達眼鏡《だてめがね》をかける。するとあっという間に悪役令嬢も地味なメイド・ビビアン（仮名《かめい》）に変身だ。

メイドとして王太子宮の庭の水やりをしながら、私は頭を悩《なや》ませていた。

ノアの解毒《デトックス》を促《うなが》すためには何をするべきか。最も大切なのは、習慣化だと私は思う。体内の毒素を一気に排出《はいしゅつ》できれば良いが、そんな便利な方法はないので地道に続けるのがいちばんの近道だ。そして習慣化するのが、実は何より難しいとも思っている。

「ヨガは誘《さそ》っても全敗してるのよね。実演して見せたらデミウル像渡《わた》されたし。白湯《さゆ》とデトックスティーはマーシャが淹《い》れてくれてるから習慣化できそう。あとはサプリメントがあるといいんだけど、作り方がわからないし。そうなるとやっぱりおやつとかで――」

『オリヴィア〜。今日のおやつは何？　何？』

ぶつぶつ独り言を呟《つぶや》いていると、シロがひょっこり現れつぶらな瞳《ひとみ》で見上げてきた。

神獣《しんじゅう》は食事をとらなくても死なないらしいが、食いしん坊なシロは三食きっちりとるし、おやつもちゃっかり食べる。神獣も太ったりするのだろうか。

デトックス料理に興味を示したので試《ため》しに食べさせてみたら、いたく気に入ったようで、何かと催促《さいそく》される。普通《ふつう》の料理より、私が作ったもののほうが美味《おい》しく感じるらしい。

今日のおやつは炭クッキーだと答えると『また炭かぁ』と残念そうに言われムッとする。

「文句あるの？　炭は体内で毒素を吸着してくれる、究極のデトックス素材なんだからね」

『でもアレ、凄《すご》い黒いんだもん』

「そりゃあ炭だもの、黒くなるでしょ」

調理場の窯《かま》で毎日のように出る炭を見て思いついたのだ。前世でデトックス食材として一時炭がブームになったことを。そこでシロの力を借りて料理に使える炭を作ってみた。

神獣という名は伊達ではなく、シロはなんとすべての精霊《せいれい》の力を行使することができるらしい。精霊は創造神が生み出したものだから、神の使いであるシロがすべての精霊の能力を使えるのも不思議ではない……のかもしれないが、いかんせん万能《ばんのう》すぎる。

案の定『デミウル様に、必要以上に力は貸さないよう言われてるんだ～』とのことでがっかりしたが、それであきらめる悪役令嬢《れいじょう》オリヴィア様ではない。

「力を貸してくれたら、デトックス料理作ってあげるんだけどなぁ」

と交渉《こうしょう》すると、シロはあっさりこちらの手に落ちた。『しょうがないなぁ。ちょっとだけだよ？　秘密だからね？』と言いながら、水魔法《まほう》で炭を洗浄《せんじょう》、風魔法で乾燥《かんそう》させてくれた。

先日それでプリンを作ってみたところ、プリンは見事に真っ黒に。味は美味しかったが、見た目のインパクトが強くシロも食べるのにかなり勇気がいったようだ。

ノアも「これは何の毒を入れたんだ？」と炭プリンには笑顔で固まっていたなと思い出していると、生け垣《がき》の向こうから複数の声と足音が聞こえてきた。

「ギルバート様～！」

「ギルバート王子殿下～！　どこですか～！」

それは一度目の人生で私を捨てた、第二王子ギルバートを捜《さが》す声だった。

逆行前に見た私を蔑《さげす》むあの目を思い出し、体が震《ふる》え出す。できれば関《かか》わりたくないが、どうしても気になってしまい、そっと生け垣の向こうの様子を窺った。

「まったく、ギルバート王子はどこに行ったのかしら」

「最近しょっちゅう勉学や鍛錬の時間になるといなくなるわよね」

「そのたびこうして捜し回らなきゃならない私たちのことも考えてほしいわ」

どうやらギルバートが姿をくらまし、メイドたちが捜し回っているようだ。

ギルバートは乙女《おとめ》ゲームの設定でも俺様王子だったので、我儘《わがまま》というか偉《えら》そうというか、そういった面はままあった。だとしても、このメイドたちの言い方は不敬だなと思っていると、彼女らのおしゃべりはどんどんひどくなっていく。

「原因はやっぱり王太子殿下よね」

「でしょうね。優秀《ゆうしゅう》な王太子殿下と比べられて、面白《おもしろ》くないのよ」

「勉強でも剣術でも馬術でも、ギルバート王子は王太子殿下に勝てないものねぇ」

「それだけじゃないわよ。性格だって、王太子殿下は理知的でいらっしゃるでしょ？」

「本当よね。ギルバート王子じゃなくて、王太子殿下付きのメイドになりたかったわあ」

ノアの評判が悪くないのは嬉《うれ》しいが、聞いていて気分がいいものではなかった。

私はギルバートが嫌《きら》いだ。婚約者らしいことなど何ひとつしてくれないどころか、いつだって私を蔑《ないがし》ろにし、婚約中なのに聖女とはいえ他《ほか》の女に甘い笑顔《えがお》で囁いて、最後には冷たく私を見捨てた男。あんな奴《やつ》、大事な部分が腐《くさ》り落ちてしまえばいいとすら思う。

だがこのメイドたちのように、誰《だれ》かと比べて貶《おとし》めようとは思わない。一度目の人生で嫌《いや》というほど聖女と比べられた私には、それがどれほど相手を傷つけることかよくわかる。

大きく息を吸いこみ口を開いた。

「何だか下品なおしゃべりが聞こえた気がするわねぇ！　王族をバカにするような不敬をはたらく、低俗《ていぞく》な人間が王宮にいるなんて信じられないわ～！」

私の声に「聞かれてた!?」「行きましょっ」と慌《あわ》てて逃《に》げていくメイドたち。

人の気配が遠ざかっていき、私はフンと鼻を鳴らした。

「やだやだ。どんな世界にも、噂《うわさ》好きでおしゃべりな人間はいるものね」

あれなら、私を財布《さいふ》としか思っていない金の亡者《もうじゃ》のアンのほうがずっといい。

「ジョウロの水でもぶっかけてやればよかっ……！」

宮の中に戻《もど》ろうと移動していた私の視界に、ありえないものが映りこんだ。

思わず言葉を失い、足も止まる。王太子宮の入り口付近で身を隠《かく》すようにうずくまっている、身なりのいい子どもがいた。体格からみると、私やノアと同じくらいか。

嫌な予感しかしない。逃げようとしたとき、ダークブロンドの髪《かみ》が揺《ゆ》れ、顔が上がる。

目元を赤くした少年と視線がぶつかった。

若葉色の目、はっきりとした華《はな》やかな顔立ち。間違《まちが》いない。彼は――。

「ギルバート、王子殿下……」

逆行前に私を捨てた婚約者、第二王子だった。

私の記憶《きおく》にある姿よりも、少し幼いギルバートが目の前にいる。私を蔑むばかりだった元婚約者。二度と顔も見たくないと思っていた相手。

ここはひとつ形だけでも礼儀《れいぎ》として頭を下げ、さっさと離《はな》れよう。そう思いながらちらりとギルバートの表情を確認《かくにん》したのが間違いだった。

「……どうせお前もあいつらみたいに、俺をバカにしているんだろう」

拗《す》ねたように言ったギルバートの瞳から、ぽろりと涙《なみだ》がこぼれ落ちるのを見てしまった。

(あ〜〜〜。やっぱりさっきのメイドたちの話、聞こえちゃってたかぁ)

ギルバートは悔《くや》しそうな顔で、ぐいと目元を拭《ぬぐ》う。何度も何度も苛立《いらだ》たしげに拭うものだから、目元がこすれて真っ赤になっていく。その姿は私の知っているギルバートとはかけ離れていて、恐怖《きょうふ》や嫌悪《けんお》はまったく湧《わ》かず、ただ不憫《ふびん》だなと思うだけだ。

なるべくギルバートには関わりたくない。だが泣いている子どもをそのまま放置するのも気が引ける。でもやはり自分の身の安全のためには接触《せっしょく》は避《さ》けるのが吉《きち》で……。

うだうだと悩んでいた私だが、結局ギルバートのグスッと鼻を鳴らす音に耐《た》え切れなくなり、ため息をついた。

「ギルバート王子殿下《でんか》。どうぞお使いください」

エプロンから取り出したハンカチを差し出すと、ギルバートが赤くなった目で見上げてくる。警戒心《けいかいしん》の浮《う》かぶ顔は、まるで捨てられた子猫《こねこ》のようだ。

メイドのくせに同情するのか、などと言われるかと思ったが、ギルバートは無言だ。少し戸惑《とまど》った様子で私とハンカチを交互《こうご》に見たあと、恐《おそ》る恐る受け取って目元を拭う。

王子である彼が地面に座りこんでいるのに、私が立って見下ろしているのは不敬になるかと、少し距離《きょり》を置いて私も芝生《しばふ》に腰《こし》を下ろした。

「……さっきあのメイドたちを追い払《はら》ったのはお前か。王太子宮にいるということは、兄上のメイドか？」

しばらく無言の時間が続いたが、涙が収まったのかギルバートから口を開いた。

「おっしゃる通り、私は王太子宮で働く、ただのメイドです」

「恵《めぐ》まれているな。素晴《すば》らしい兄上のもとで働けて。優秀で、人格者な兄上に仕える毎日は、さぞ幸せだろう」

卑屈《ひくつ》だ。もしかして、ノアが毒殺されず生き続けた場合、ギルバートはこんな風に卑屈なまま成長するのだろうか。

前世でギルバートは頼《たよ》れる俺様王子として人気のキャラだった。私は俺様キャラはまったく好みではなかったけれど、卑屈よりは俺様のほうがマシだと思う。

「なぜ俺は兄上のようになれないのだろう。やっぱり、王の瞳《ひとみ》を持っていないからか……」

赤くなった目元に触《ふ》れ、ギルバートが呟《つぶや》く。

どうやらギルバートが卑屈なのは、ノアの存在だけが理由ではないらしい。

王の瞳というのは、ノアの星空を閉じこめたような青い瞳のことだ。歴代の王は皆《みな》、王の瞳を有している。継承《けいしょう》権争いでの暗殺や病気など、様々な理由で王の瞳ではない者が王位に就《つ》く場合もあったそうだが、そのときは国が荒《あ》れ、王も早世《そうせい》したといわれている。

言わばあの星空のような青い瞳は、正統な王の証明のようなものなのだ。

そしてギルバートの瞳は青ではない。王妃《おうひ》と同じ美しい緑眼だ。

(あー、思い出した。王の瞳を持っていないギルバートの心の傷を、主人公の聖女が癒《いや》し慰《なぐさ》めるシーンがあったっけ)

瞳の色がコンプレックス、ということなのだろう。聖女はどんな風に慰めるのだったか。

確か、あなたの瞳の色が好きよ、的なことを言うのではなかっただろうか。

まあ私は心優《やさ》しい聖女ではないので、そんな風に甘い慰めをするつもりはない。

コンプレックスというものは、周りが何を言ったところでどうにかなるものではなく、結局自分で乗り越《こ》えたり、折り合いをつけていくしかないのだ。

「王の瞳については、メイドの私にはわかりかねますが……」

ぼんやり王太子宮の庭に目をやりながら口を開く。

「王太子殿下は、とても努力をされている方です」

「え……？」

「国王陛下の政務の補佐《ほさ》をしながら、寝《ね》る間も惜《お》しんで勉学や鍛錬《たんれん》に励《はげ》まれていらっしゃいます」

「そんなの俺だって——！」

「はい。ギルバート王子殿下も努力をされているのでしょう」

庭から隣《となり》へ視線を移す。

ギルバートは怒《おこ》っているのか戸惑っているのか、はっきりしない顔で私を見ていた。

「つまり、優秀な方は皆様、努力されているということです」

同じなのだ。優秀な人間も、最初から優秀だったわけではない。努力した結果なのだ。

努力した人すべてが報《むく》われるわけではないことは、前世アラサーな私は知っている。だが、努力しなければ輝《かがや》かしい場所に立つ資格さえ得られないのもまた真理だった。

ギルバートは己《おのれ》を卑下しているが、やはり頭がいいのだろう。私の言葉の意味を理解したようで、表情を引き締《し》めた。

「じゃあ……俺は兄上の倍努力しなければいけないな」

「努力も結構ですが、休息も必要ですよ。健康がいちばん大切ですから」

ギルバートが立ち上がったので、私もそれに倣《なら》う。

「王太子殿下に会っていかれますか？」

「何を言ってる。戻って授業を受けるに決まってるだろ」

ツンとした態度だったが、どこか恥《は》ずかしそうでもあった。

緑の目に輝きを取り戻したギルバートは、もう大丈夫《だいじょうぶ》だろう。私は「良ければおやつにどうぞ」と、クッキーの包みをギルバートに手渡《てわた》した。シロのおやつだがまた作ればいい。

「王太子殿下は優秀《ゆうしゅう》な方ですが、苦手なこともあるでしょう。人には長所と短所、得手不得手がございますから」

悪役令嬢《れいじょう》の強火担、というのは明らかな欠点だろうし、と内心思いながら言う。

「ギルバート王子殿下にも、あなただけの魅力《みりょく》があるはずですよ」

（たぶんね。私にはわからないけど）

何せゲームの攻略《こうりゃく》対象キャラの中では一番人気だったのだ。魅力がないはずがない。しつこいようだが、私にはわからないだけで。

「ふん。……お前がそんなに言うなら、いずれ俺のメイドにしてやってもいい」

「……は？」

「邪魔《じゃま》したな」

とんちんかんなことを言うと、なにやらすっきりした顔をしてギルバートは王太子宮を去っていった。その背中を見送る私の胸に湧いてくる、このモヤモヤをどうしてくれる。

「やっぱりあの男、嫌《きら》いだわー」

ハンカチなんて貸さなければ良かった。そういえばそのまま持っていかれてしまった。あれは支給品なのに。

一気に疲労《ひろう》が溜《た》まってしまった私は、シロをモフモフして癒してもらおうと、今度こそ王太子宮に戻《もど》ることにした。

「そういえばギルバートに渡したの炭クッキーだけど、食べるかな……」

真っ黒なクッキーを見て驚嘆《きょうたん》するギルバートの顔を想像しほくそ笑《え》んだとき、マーシャが慌《あわ》てた様子で駆《か》けてきた。

「オリヴィア様……！」

「ど、どうしたのマーシャ」

普段《ふだん》は落ち着いたマーシャのただならぬ様子に、緊張《きんちょう》が走る。

マーシャは私の腕《うで》にすがりつくようにして見上げてきた。

「お、王太子殿下が……殿下が……！」

「ノア様……！」

シロを引っぱりノアが運びこまれた寝室《しんしつ》へ駆けつけると、王宮医や助手が数人集まっていた。寝台に寝かされたノアは血の気の失《う》せた顔で、荒《あら》い呼吸を繰《く》り返している。着ている服は所々赤黒く染まっていた。

「マーシャ、ノア様に何があったの」

追いかけてきたマーシャに尋《たず》ねると、どうやら執務《しつむ》中に出されたお茶に毒が盛られていたという話だった。王妃は毒殺を諦《あきら》めていなかったのだ。

「ノア様のご容体は……？」

マーシャが王宮医に尋ねると「深刻です」と、見ればわかる答えが返ってきた。

「回復魔法はかけましたが、毒の影響《えいきょう》が大きいようです。いま毒を特定するために医術局で調べておりますので、判明し次第《しだい》解毒薬《げどくやく》を調合しますので」

「先に毒の候補をいくつかに絞《しぼ》って、解毒薬を複数投与《とうよ》することはできないのですか？」

「飲み合わせによっては害となるものもございます。侍女殿《じじょどの》のお気持ちはわかりますが、焦《あせ》ってはいけません」

私はふたりのやりとりを聞きながら、ノアの汗《あせ》を拭《ぬぐ》うふりをして肌《はだ》に直接触れた。

電子音と同時に目の前にステータス画面が現れる。

【ノア・アーサー・イグバーン】

性別：男　年齢《ねんれい》：13

状態：急性中毒（ランカデスの角：毒Lv.2）

（ランカデスの角！）

私がノアの代わりに飲んだ紅茶に入っていた毒と同じだ。やはり王妃が再びノアの命を狙《ねら》ったのだろう。

「胃の中の毒はどうしたんですか？」

私が尋ねると、王宮医は不審《ふしん》げな顔をしながらも「既《すで》に毒は吐《は》き出されている」と答えた。ノアが血と一緒《いっしょ》に吐いたと言っているのだろうか。だがすべてではないだろう。胃の中にも残留している毒はあるはずだ。その場合、回復魔法で毒は消すことができないので、魔法で体が癒《い》えてもまたすぐに毒の影響を受けてしまう。

「マーシャ、ノア様の体を左側を下にするように横にして」

「は、はい！　でも一体なぜ……」

「胃洗浄《いせんじょう》をするわ。シロ、お願い。ノア様を傷つけないように、口から胃に水を流しこんで。中を洗ったら、水を口から出してほしいの。できる？」

振《ふ》り返って尋ねると、シロは緊迫《きんぱく》した状況《じょうきょう》などお構いなしといった様子で、床《ゆか》に寝そべり尻尾《しっぽ》をふりふりしていた。

『え〜。でも僕って、オリヴィアが死なないよう手助けするようには言われたけど、他《ほか》の人間については知らないよぅ』

「デトックス料理のフルコース作ってあげるから！」

『何をすればいいって？　王太子の胃を洗う？　このシロ様に任せなさーい！』

王宮医たちは「何をする！」と騒《さわ》いでいたが無視をした。

シロが水を細い蛇《へび》のように操《あやつ》り、ノアの口から流しこむ。しばらくしてノアの口から出てきた水が宙で球体になる。赤黒く変色した水に王宮医たちが慄《おのの》いた。

「水魔法にこんな使い方が……」

「胃の中の毒は洗い流しました。もう一度回復魔法を」

「え……あ、ああ。そうだな、すぐに」

いちばん年嵩《としかさ》の王宮医が回復魔法をかけ始める。

手のひらから放たれる光は微弱《びじゃく》だ。前世の乙女《おとめ》ゲーム【救国の聖女】で見た主人公の回復魔法は、もっと強い光を放っていた覚えがある。やはり聖女の力はけた違《ちが》いなのだろう。

「ノア様に盛られた毒は、ランカデスの角です。解毒薬を急いでください」

「なぜそんなことが……いや、だが症状《しょうじょう》は一致《いっち》している……？」

「いいから早く！　ノア様が死んでもいいんですか！」

私が怒鳴《どな》ると、他の王宮医たちは我《われ》に返ったように部屋を飛び出していった。

やがてノアの呼吸が落ち着いてくると、回復魔法をかけ続けていた王宮医もふらつきなから医術局へと戻っていった。泣いていたマーシャが涙《なみだ》を拭い、水を取り替《か》えてくると桶《おけ》を持って出ていき、部屋にノアとふたりきりになったとき。

「オリヴィア……？」

ノアがうっすら目を開けて、私の名前を呼んだ。

「ノア様！　私はここです」

顔を覗《のぞ》きこむと、青い瞳《ひとみ》が私を見つけて笑った。

血の残った唇《くちびる》が微《かす》かに動き、形を作る。

『ボ　ク　ノ　セ　イ　ジョ』

そのまま再び、青い瞳は閉じられた。

容体が悪化したのかと思ったが、呼吸は安定しており眠《ねむ》りについただけだとわかる。

「ごめんなさい、ノア様。私は聖女じゃないんです……」

私を聖女だと信じて疑わないノア。そんなノアに大切に思われていると感じるほど、罪悪感で胸が苦しくなる。本物の聖女が現れたとき、きっと彼はがっかりするだろう。

（せめて本物の聖女が現れるまで、私が守らなきゃ）

このままでは安心して領地に引っ込むこともできない。何か方法を考えなければ。

『オリヴィア〜。約束のデトックス料理はいつ食べられる？』

空気を読まず、ひと仕事終えたようなすっきりした顔ですり寄ってきたシロにあきれる。

「ほんとマイペースなんだから。デトックス料理は落ち着いてからね」

『え〜。今日食べたいよう。真っ黒な炭料理でもいいからさぁ』

「いまはそんな状況じゃ……」

（待って。炭、デトックス……そうだ！）

ひらめいた私はシロに抱《だ》き着いて思う存分モフモフした。

「えらいシロ！　お手柄《てがら》！」

『え？　何？　僕えらい？』

「えらい！　最高！　どうして思いつかなかったんだろう。最強のデトックス方法があるじゃない」

それも健康法ではなく、前世でも本物の解毒方法として使われていたもの。

「活性炭を作ってみせる……！」

◆

毒を盛られ一時は危険な状態だったノアだが、水魔法《まほう》で胃洗浄を行ったのが良かったのか、次の日にはしっかり意識を取り戻《もど》し王宮医たちを驚《おどろ》かせていた。

「またオリヴィアに救われたのか。やはり君は僕の聖女だ」

どこか自嘲《じちょう》気味に聞こえたのは、ノアが自分を情けなく思ったからかもしれない。

前世で言えばノアも思春期の男の子だ。婚約者《こんやく》にはかっこいい自分を見せたいのだろう。

前世アラサーの私がそのいじらしさに「尊い……」とときめいた。

「私は聖女ではありませんが、ノア様のためなら何でもします」

私が生き延びるためにも、と頭の中で付け加える。ノアにはこれからも生きていてもらわなければ。

「オリヴィア……。僕はどうしたら、君の愛に報《むく》いることができるだろう」

ノアが青い瞳で遠くを見やりながら何かぼそりと呟《つぶや》いた。

「ノア様、いま何と？」

「……いや。ただ、強くならなければ、と思ってね」

何かを決意したようなノアの顔は大人びて見えて、少しドキリとしてしまった。

「と、いうわけで、活性炭を作ります！」

ひと気のない王太子宮の裏で、私はシロに向かいそう宣言した。

少しの間のあと、シロがこてんと首を傾《かし》げる。

『かっせいたんてなぁに？』

「炭です」

『また炭かぁ』

「ただの炭じゃないの。細かな穴が無数にあって、毒素なんかを吸着する性質を持っている炭。それが活性炭！」

前世では一般的《いっぱん》にも消臭《しょうしゅう》や水の浄化に利用されていた。薬として飲めば体内の毒素を吸着し、そのまま便と一緒に排出《はいしゅつ》される。実際医療《いりょう》の現場でも使われていた優秀《ゆうしゅう》な解毒剤《げどくざい》だ。

ただデトックスサプリとして出回ったとき、慢性《まんせい》利用で消化器に障害が起きる事例が出ていた。使いすぎは良くないし、元々消化器に問題がある場合は利用は控《ひか》えたほうがいい。

ノアの状態は慢性中毒だが、幸い私のように虚弱《きょじゃく》ではないし疾患《しっかん》もない。それはひとえに王太子としての日々の鍛錬《たんれん》のおかげだろう。

「私が不在でも活性炭があれば、ノア様の生存率も上がるはず。だからシロ、よろしく！」

『え～。まだデトックスフルコース作ってもらってないしなぁ』

「お願い。活性炭ができたら絶対作るから。炭じゃないデトックスデザートもつけちゃう！」

『も～。神獣《しんじゅう》使いが荒《あら》いんだから～』

シロはぶつぶつ文句を言っていたが、デザートふたつでコロッと態度を変え協力的になった。食い意地が張っている神獣で本当に助かる。

前世、簡易的な活性炭を自作してみたことがあった。そのときはバーベキューのついでに缶《かん》に入れて作ったのだが、この世界には便利な金属製の缶がない。

活性炭を作るには高温で木や竹を焼き、水蒸気や空気のある状態で炭化させ、人工的に炭に無数の穴を開ける必要がある。缶ではなく窯《かま》でもいいのだ。だがこんなところに勝手に窯を作ると目立つので、シロの力で土中に窯を作ってもらうことにした。

「空気の通る煙突《えんとつ》と、水を入れる管もつけてほしいの。あ、でも中に入れた木材が水で濡《ぬ》れないようにできる？　蒸《む》し焼きにするイメージで」

『注文が多い〜〜〜』

シロはうんざりした顔をしながらも、私のリクエストに応《こた》え窯を作ってくれた。

早速薪《さっそくまき》を入れて焼いている間、気になっていたことを聞いてみる。

「そういえばシロって、回復魔法は使える？」

この世界には七種の精霊《せいれい》が存在している。火、水、風、土、雷《かみなり》の五大要素の精霊に、光と闇《やみ》の原始の精霊、合わせて七種だ。シロなら王宮医よりも強力な回復魔法が使えるのではないだろうか。

『使えないよぉ。僕に与《あた》えられたのは五大精霊の力だけ。『原始の精霊の力があると、オリヴィアが手を抜《ぬ》きそうだからやめておいたってデミウル様が言ってた』

手を抜くって何だ、と思わずムッとしてしまう。生死がかかっているのに手抜きなどするか。もちろん使える力は遠慮《えんりょ》なく利用させてはもらうが。

「ま、しょうがないか。光の精霊の回復魔法は主人公のものってことよね」

王宮医でも光の加護を持っている者はごく一部らしい。契約《けいやく》しているのも下位の精霊ばかりだとか。ほとんどは健康管理や怪我《けが》の治療、滋養強壮剤《じようきょうそうざい》や解毒薬などの薬の調合といった仕事をしているそうだ。魔法で回復はできても解毒はできないので、調合も医師には必要な技術なのだ。

そういえば、乙女《おとめ》ゲーム【救国の聖女】ではイベントをクリアすると、報酬《ほうしゅう》に攻略《こうりゃく》対象者から解毒に使える薬草をもらえる。そうやって薬草を集め、イベントクリアに必要な解毒薬を作るのだ。

イケメンたちがやたら薬草を持っているので『草から始まる恋《こい》ｗｗｗ』などとネットで揶揄《やゆ》されていたことを思い出す。ギルバートもあんな俺様のくせに、懐《ふところ》にはいつも草を忍《しの》ばせていたのだろうか。想像すると草生える。

『回復魔法、使いたかった？』

「う～ん。まあ、毒スキルよりはいいとは思うわよ。隠《かく》す必要もないし。でもただでさえ光魔法の遣《つか》い手は貴重なのに、聖女みたいな回復魔法が使えたら目立っちゃうでしょ。私は地味に平和に生きたいだけなのよね」

私の願いはそれだけなのに、周りがなかなかそうさせてくれない。

私は現在、王都の外れで療養中ということになっている。治療院にほど近い小さな屋敷《やしき》で、カモフラージュに護衛も置いているそうだが、既《すで》に侵入《しんにゅう》者が二度も現れたらしい。

いつか誰《だれ》にも脅《おびや》かされることなく暮らせる日々は訪《おとず》れるのだろうか。そんなときは永遠に来ない気がして、ため息は深く長くなるばかりだった。

途中《とちゅう》数回水を投入して蒸し焼きにしたあと、土魔法で土中の窯を割り開くと、真っ黒な炭が現れた。

「お～。上手《うま》くできちゃった」

『これで完成？　じゃあデトックス料理を……』

「まだよ。このままじゃただの脆《もろ》い炭で扱《あつか》いにくいから、固めて小さい粒《つぶ》にするの」

『え～!?　まだあるの!?　っていうかもしかして、固めるのも僕がやるの!?』

「デトックス料理のためにがんばってね！」

シロは割に合わないと嘆《なげ》きながらも、活性炭の解毒剤作りに協力してくれた。

ああでもないこうでもないと、シロに色々と注文を付けて作ってはやり直すのを繰《く》り返すこと数十回。小指の爪《つめ》ほどの大きさの錠剤《じょうざい》が完成したとき、私はこれで少しは安心してここを離《はな》れられると思えた。安堵《あんど》に混じった寂《さび》しさのようなものを感じながら。

ノアの体調が回復してきた頃《ころ》、父・アーヴァイン侯爵《こうしゃく》から離島《りとう》の別荘の準備が整ったと連絡《れんらく》が入った。

とうとう王太子宮を出て、王都を離れるときが来たのである。

領地へと向かう日。

職務中であるはずの父が、わざわざ王太子宮まで見送りに来てくれた。王宮近くの林の中に馬車を待機させる指示を父が出していて、私はそれに乗り領地の離島に向かう。

騎士《きし》団長の服を身に纏《まと》った父は、私の肩《かた》に手を置き「道中気をつけなさい」と言った。

「護衛はつけて、馬車も侯爵家のものとはわからないよう偽装《ぎそう》してある。それでもお前自身が目立つ容姿をしていることを自覚し、用心するんだ」

「わかりました、お父様。シロもいるので、きっと大丈夫《だいじょうぶ》です」

シロの頭を撫《な》でて言うと、中身仔犬《こいぬ》な神獣はもっと言ってとばかりに胸を張った。

「お父様もどうか、お体に気をつけてくださいね」

体調だけでなく、王妃《おうひ》や継母《ままはは》周辺の動きにも気をつけてほしい。

重職につき、国王の信頼《しんらい》も厚い侯爵である父を手にかけることはないだろうが、あの王妃のことだ。ノアが生き延びシナリオが変わりつつあるいま、何が起こるかわからない。

「わかっている。こちらのことは心配するな。お前の帰りを待っている」

あまり表情に変化のない父だが、以前は冷たいばかりだった眼差《まなざ》しがいまは優《やさ》しい。

笑顔《えがお》で父との別れを済ませると、ノアが父に代わり前に出た。

「オリヴィア……」

王太子宮の庭に咲《さ》くアマリリスの香《かお》りをまとったノアが、私の髪《かみ》に触《ふ》れた。

青い瞳《ひとみ》が切なげに揺《ゆ》れる。

「覚悟《かくご》はしていたが……明日から君に会えなくなってしまうのか」

「ノア様……」

「手紙を書く。オリヴィアも返事をくれ」

ノアの言葉に、私は数度瞬《まばた》きしたあと「もちろんです」とにっこり笑った。

「ノア様。私がいなくなってもデトックスは続けてくださいね？　紅茶ばかり飲んでいてはダメですよ？　お水や白湯《さゆ》、デトックスティーをたくさん飲んでください」

「……ん？」

「好き嫌《きら》いせずに栄養のあるものをたくさん食べてください。朝食を抜くのはダメですからね。あとはヨガ！　私がお教えした基本のポーズくらいは毎日してくださいね。大丈夫です。悪魔《あくま》を崇拝《すうはい》する儀式《ぎしき》ではないのでデミウル像は必要ありませんから。きちんとデトックスを続けられているか、マーシャを通じて定期的にチェックしますからね！」

後ろに控《ひか》えたマーシャが、ハンカチで涙《なみだ》を拭《ふ》きながら頷《うなず》いている。

「オリヴィア……」

「それからこれ」

シロの力を借りて作った活性炭の錠剤。それが入った瓶《びん》をノアに手渡《てわた》す。

「これは？」

「活性炭という解毒剤《げどくざい》です」

瓶の中身をしげしげと見ていたノアは、解毒剤という言葉にハッとした顔をした。

「ノア様がまた毒を口にしてしまったときは、なるべく早く胃の中のものを吐《は》き出してください。できれば私がしたときのように水で洗い流せるといいのですが……」

「いま王宮医にやり方を研究させている」

「よかった。胃の中を洗浄《せんじょう》し吐き出したあと、この活性炭を飲んでください。これは体内に入った毒素を吸着して、そのまま体外に排出《はいしゅつ》する作用があるんです。先日のようにすぐに解毒剤が用意できずに急を要するときに使ってください。常に持ち歩いて、マーシャにもお渡ししてくださいね」

「凄《すご》いな……どこで手に入れたんだ？」

「作りました」

つい流れのまま正直に答えてしまい、この場にいる面々に驚《おどろ》いた顔をされる。

「作ったって、一体どこで、どうやって」

「その……王太子宮の裏の土の中で、シロに手伝ってもらって」

ノアは何やらぽかんと固まったあと、くつくつと腹を抱《かか》えて笑い始めた。

「王宮で何をやってるんだ。君は本当に退屈《たいくつ》しないな」

「すみません……」

「そういう君がいいんだ。だからこそ……寂しくなる」

そう言うと、ノアは私を強く抱《だ》きしめた。想《おも》いをぶつけるかのように、強く。

「……私も、寂しいです」

「三年後、待っている。それまでに僕は君を守れる力をつけよう。約束する」

その時まで、どうか元気で。ノアはそう囁《ささや》くと、私の頭にキスを落とした。

父がノアの後ろでわざとらしく咳《せき》ばらいをする。マーシャはやはりハンカチで涙を拭《ぬぐ》いながら頷いていた。

少し恥《は》ずかしくなりながら離れ、ノアの顔を見つめる。

「……では、行ってきます」

「ああ。気をつけて」

笑顔を交《か》わし、私はシロに乗り空へと飛んだ。ノアたちがどんどん小さくなっていく。

私の大切な人たち、どうか次に会うときまでお元気で。


紫《むらさき》のジギタリス、白いスズラン、青いダチュラ、真っ赤なリコリス。

王妃宮の庭にある温室では、様々な花が咲き乱れている。甘い芳香《ほうこう》を漂《ただよ》わせる危険な花々は、王妃自らが手入れをしていた。

広い温室の真ん中では定期的に茶会が開かれている。

王妃主催《しゅさい》のその茶会に呼ばれるのは、もれなく貴族派の貴婦人たちだ。王妃に重用され、王妃に支配される女たちの中に、オリヴィアの継母であるイライザとその娘《むすめ》のジャネットも含《ふく》まれていた。

貴婦人たちの会話と笑い声が温室に響《ひび》き、一見穏《おだ》やかな雰囲気《ふんいき》に見えるが、実際は参加している誰もが緊張《きんちょう》の中にいる。

王妃がいつどんなことで機嫌《きげん》を損《そこ》ねるかわからない。機嫌を損ねれば最後、それまでどれほど王妃のお気に入りの人間だったとしても、この世に別れを告げることになるだろう。

「アーヴァイン侯爵夫人」

隣《となり》の伯爵《はくしゃく》夫人と談笑《だんしょう》していたイライザは、王妃に呼ばれビクリと肩を跳《は》ねさせた。

「は、はい。王妃様」

「そういえば、あなたのご息女……義理のほうよ。王太子の婚約者《こんやく》候補のあの子。領地で療養《りょうよう》中だそうだけれど、お元気になったのかしら？」

イライザは内心冷や汗《あせ》をかきながら、なんとか笑顔を作る。

「あの子については、夫がすべて管理しておりまして。私も領地へ使いをやったりしているのですが、血の繋《つな》がりがないせいか避《さ》けられているようで……」

領地に密偵《みってい》を送り、小さな離島《りとう》にオリヴィアがいることはわかった。だが肝心《かんじん》の島に入ることができない。護衛は多いし、唯一《ゆいいつ》物資を島に届ける船もアーヴァイン侯爵の部下が管理し見張っている。

遠回しにそれを伝えると、王妃は「まだ侯爵との関係は新婚の頃《ころ》と変わらないのね。羨《うらや》ましいわ」と笑った。これは意訳すると「まだ中立の侯爵をこちらの貴族派側に引き入れられないのか」と言っているのだ。

イライザは顔を青くし震《ふる》えた。娘のジャネットも母の様子に怯《おび》え始める。

「氷の侯爵は美しいものね。国王陛下もお気に入りなのよ。そしてその娘もまた美しく、王太子のお気に入り」

王妃は水色の花をつけた木を眺《なが》め「美しくても、邪魔《じゃま》になるなら剪定《せんてい》してしまわないとね」と薄《うす》く笑った。

幕間

窓辺に降り立った伝書鳩《でんしょばと》から手紙を抜《ぬ》き取る。筒状《つつじょう》に丸められたそれを広げると、ふわりと花のような香りがした。

イグバーン王国王太子・ノアは目を細め微笑《ほほえ》んでから、ゆっくりと手紙を読み始めた。

『ノア様、お元気ですか。私がいなくても、きちんと食事と休憩《きゅうけい》を取られていますでしょうか。マーシャを困らせてはいませんか？　基本のヨガのポーズ、お忘れのようでしたら絵に描《か》いて送りますから遠慮《えんりょ》なくおっしゃってくださいね』

「まだ僕に悪魔崇拝をさせようとするか」

独創的な動きをノアに勧《すす》めてくる婚約者の姿を思い出す。

オリヴィア・ベル・アーヴァイン。

イグバーンの宝石と謳《うた》われた母親と瓜二《うりふた》つの彼女は、病弱で屋敷《やしき》から出ることがないため、侯爵《こうしゃく》家に眠《ねむ》る小さな宝石と言われていた。噂《うわさ》に違《たが》わぬ美しさだが、屋敷から出ないのは病弱だからではなく、継母《ままはは》に虐待《ぎゃくたい》を受けていたのが真相だった。

強烈《きょうれつ》な出会いだった。王太子宮の庭ではじめてオリヴィアを見たとき、そのあまりの美しさに頭から足先まで雷《かみなり》に打たれたような衝撃《しょうげき》があった。

直後、オリヴィアはノアの代わりに毒を飲み倒《たお》れ、命をかけてノアを救い、敵ではないことを証明した。そんな彼女に運命を感じたのは当然のことだった。

『私は食事と運動の量が増え、王都にいた頃より健康になりました。毎日地道に続けたデトックスの成果です。離島に来てから半年が経《た》ち、いまや別荘《べっそう》の庭はデトックスに使える草花であふれています。そうそう、手紙に薔薇《ばら》の香水《こうすい》を吹《ふ》きかけたのですが、お気づきになりました？　薔薇はハーブティーにして飲むと、強肝《きょうかん》に便秘改善といった解毒作用があるんですよ。香水はついでに作ってみました。今度私の作ったハーブをいくつか送りますね』

「香水はついでか……」

実に彼女らしい、とノアは微笑む。

普通《ふつう》の貴族令嬢《れいじょう》なら花を美しいと愛《め》でるだけだろう。だがオリヴィアは花を利用できるものとして自ら育てる。花だけでなく、時には葉や根まで、彼女にかかると解毒《デトックス》の道具になる。オリヴィアにとっては『デトックスに使えるもの』と『デトックスに使えないもの』の二種類しかこの世に存在しないのではないだろうか。

生活のあらゆる場面においてデトックスを実行しようとするオリヴィアを逞《たくま》しく、そして眩《まぶ》しく思う。あのヨガとかいう悪魔崇拝《すうはい》の儀式《ぎしき》だけはいただけないが。

「近いうちにまた、デミウル像を送るか……」

『またお食事に毒を盛られたそうですね。その前は毒矢で狙《ねら》われたとか。ノア様が王宮で日々命の危機に晒《さら》されていると思うと、離島で平和に暮らしていることが申し訳なくなります。離《はな》れていても何かお役に立てないかと考え、以前お渡《わた》しした活性炭の改良を研究し、毒の吸着効果を四倍に高めたものの開発に成功しました！　何でできているか気になりますか？　知りたいですよね？　実は、麻《あさ》の茎《くき》を炭にしたものなのです！　麻は紙や布、油などにもできますが、薬や解毒剤《げどくざい》にもできてしまう優《すぐ》れた植物なのですよ！』

「婚約者に送る手紙の内容の九割がデトックスについてとは、実にオリヴィアらしいね」

欲を言えば、ノア様に会えなくて寂《さび》しい、などといった恋人《こいびと》らしい文言がほしいところだが仕方ない。

オリヴィアは言葉で愛を伝えるタイプではないことは、短い時間の中でもよくわかった。彼女の愛はもっと深く果てしない。わかりやすい甘い言葉より、行動で示す。誰《だれ》よりも、自分のことよりもノアを優先し、心配してくれるのだ。あれほど献身《けんしん》的で健気《けなげ》で清廉《せいれん》な愛の表現を、ノアは知らない。

（まさに聖女だ。その神託《しんたく》の聖女の可能性が高いために、王妃《おうひ》に命を狙われるようになってしまったが）

オリヴィアは現在、アーヴァイン侯爵家の領地に身を隠《かく》している。

王都から遠く離れた領の離島のため、王太子という不自由な身分のノアはオリヴィアに会いに行くことができない。あと二年以上彼女に会えないと思うと、いますぐ王太子の身分を捨て城から飛び出してしまいたくなる。もちろん実行には移さないが。

仮に臣下に下り公爵の爵位でも受ければ、侯爵家のオリヴィアとの縁談《えんだん》は継続《けいぞく》可能だろう。だがそうなると次期国王は第二王子ギルバートになる。

つまりギルバートの実母である王妃が完全に王宮を、イグバーン王国を掌握《しょうあく》することになるだろう。あの毒婦に国を支配される事態だけは避けなければならない。

本当ならオリヴィアの愛に報《むく》いるために、自分も彼女の幸せと安寧《あんねい》だけを考えて生きたいところだが、生まれながら次代の国王だったノアは理性を捨てられない。

彼は悩《なや》めるオリヴィア強火担であった。

「ギルバートと言えば、あいつもオリヴィアを気にしているようだったな……」

オリヴィアが領地へと発《た》って数日後、ギルバートが珍《めずら》しく王太子宮を訪ねてきた。

同い年の異母弟《いぼてい》とは不仲というわけではない。会えば言葉を交《か》わすし、ノア自身、異母弟を嫌《きら》いだと思ったこともない。ただ立場上互《たが》いを避けるようにしているのだが、そのギルバートが何の前触《まえぶ》れもなく王太子宮を訪《おとず》れ、こう聞いてきたのだ。

『野暮《やぼ》ったい眼鏡《めがね》をかけた、若いメイドはいますか？』

聞けば、ハンカチを借りたので返しに来たのだという。おまけに信じられないほど真っ

「悪役令嬢、セシリア・シルビィは死にたくないので男装することにした。4」
イラスト／ダンミル

角川ビーンズ文庫の新刊情報

毎月1日発売!

102-8177　株式会社KADOKAWA　東京都千代田区富士見2-13-3　https://beans.kadokawa.co.jp
Twitter/LINE @beansbunko 【発行】株式会社KADOKAWA【編集】ビーンズ文庫編集部

黒だが、やたらと美味《おい》しいクッキーをもらったので、その礼にと花束まで持参していた。

オリヴィアのことだとすぐにわかった。ノアも彼女の作った引くほど黒い炭クッキーを食べている。一体どこでふたりが接触《せっしょく》したのか気になったが、それについてはギルバートが頑《がん》として口を割らない。

『彼女は結婚《けっこん》することになり、遠い田舎《いなか》に帰った』

結局そう言って誤魔化《ごまか》すと、ギルバートは目に見えてショックを受けていた。

『あのメイドの名前だけでも教えてください、兄上』

あまりに異母弟が傷ついた顔をしていたので、仕方なく『ビビアンだ』と答えてしまった。偽名《ぎめい》のほうだが、それさえ教えたくはなかったのに。

たとえオリヴィアの偽《いつわ》りの姿でも、彼女についてのすべての事柄《ことがら》を独占《どくせん》していたかった。

「血の繋がりが半分でも、さすが兄弟といったところか。女性の好みが同じとは」

本当に、どういう経緯《けいい》でふたりが顔を合わせることになったのだろう。油断も隙《すき》もない。

王立学園に入学した際は、ふたりを近づけないようにしなければ。そのために、離れていてもオリヴィアとの仲を深めておく必要がある。他者の入る隙を与《あた》えないくらい親密に。

「だが……先は長そうだ」

内容の九割がデトックスだった手紙を窓にかざし、苦笑《くしょう》する。

『殿下《でんか》のご健勝を、何よりもお祈《いの》りしております。どうかご無事で』

デトックスについてもだが、最後も実にオリヴィアらしい一文だ。彼女は本当に、ノアの無事を心から願っている。

「オリヴィアのためにも国のためにも、僕は早急《さっきゅう》に力をつけなければな」

力とは武力のことではない。もちろん騎士《きし》や兵士の力も必要だが、重要なのは人脈だ。王妃の勢力に負けない、自分の支持勢力を作る。それも信頼《しんらい》できる仲間を。既《すで》に候補は絞《しぼ》り接触も始めていた。

約二年後、王都に戻《もど》ってくる愛《いと》しい婚約者を、万全《ばんぜん》の態勢で迎《むか》えるのだ。

「待っているよ、僕の聖女……」

青い瞳《ひとみ》を細めたノアは、薔薇の香《かお》りの手紙に口づけをするのだった。

第四章

柔《やわ》らかな陽気の中、王立学園の前庭は多くの貴族の子女で賑《にぎ》わっていた。

大地の月の始まりの今日は、学園に新たな生徒たちが入学する日である。社交界では年《ねん》齢《れい》よりも身分が人間関係の上下を決めるが、学園内でもそれは変わらない。在園の生徒たちも、新入生たちに挨拶《あいさつ》をしようと集まり、この賑わいだった。

新入生のひとりである、オリヴィアの義妹《ぎまい》・ジャネットも真新しい制服に身を包みその場にいた。顔見知りの令嬢たちと談笑しながら、周囲の会話に耳をすませる。

「例の噂《うわさ》、お聞きになりました？」

「引きこもりの侯爵《こうしゃく》令嬢のお話でしょ？」

「私は王太子殿下をお救いした聖女と聞きましたけど」

「殿下と同い年で、今年入学されるという噂ですよね」

「婚約も内定しているというのは本当なのかしら？」

引きこもりの侯爵令嬢。聞こえてきたその話題に、ジャネットは意識を集中した。

「何でもひどい病を患《わずら》って、王都を離れ領地で療養《りょうよう》しているとか」

「まぁ。聖女なのにご病気に？」

「そうそう。王都と同じく領地でも引きこもっているそうですね」

「病気でとても醜《みにく》い容姿になってしまったという話も聞きましたわ」

「そんな方が領地を出て、貴族の集まるこの学園にいらっしゃるかしら？」

話の内容に、ジャネットは内心ほくそ笑《え》む。

約三年前、突然《とつぜん》侯爵邸《てい》から姿を消した義姉《ぎし》・オリヴィア。裕福《ゆうふく》な貴族令嬢《れいじょう》とは思えないほどやつれ、亡霊《ぼうれい》のように青白く陰気《いんき》な顔をしていた女が、ジャネットは嫌いだった。

同じ年でも、オリヴィアは侯爵の実子で嫡女《ちゃくじょ》。宝石とまで言われた前妻の容姿を受け継《つ》ぎ、銀の髪《かみ》に泉のように澄《す》んだ瞳を持つ美しい義姉。それが腹立たしく、母と一緒《いっしょ》に義姉をいたぶった。整った容姿がボロボロになっていく様を見ているのは心地《ここち》が良かった。

そのオリヴィアが急に活動的になり、魔法《まほう》のような化粧《けしょう》を駆使《くし》し、王太子の婚約者に指名されたときは衝撃《しょうげき》だった。ありえない、と動揺《どうよう》する最中、オリヴィアが突然姿を消した。森で行方《ゆくえ》不明になり、生死の境を彷徨《さまよ》うほど衰弱《すいじゃく》した状態で発見されたという。

そのまま侯爵邸には戻らず、遠く離《はな》れた領地で療養することになったと聞いたときは「そのまま死ねば良かったのに」と思った。だがまあ、あの亡霊のくせにひどく整った顔を見ずに済むようになると考えると気分も良くなった。

本人が不在なのをいいことに、ジャネットは友人の令嬢たちに、義姉についてあることないこと吹《ふ》きこんだ。眠《ねむ》る宝石などと言われているが、実は物乞《ものご》いよりみすぼらしい見た目だとか、侯爵邸では我儘《わがまま》放題だったとか、王太子宮に侵入《しんにゅう》し王太子殿下をたらしこんだとか。それはあっという間に噂となり、様々な脚色《きゃくしょく》がされ社交界に広まっていった。最悪な令嬢という噂が王宮にまで届けば、いずれ王太子との婚約も白紙に戻されるだろう。実際、オリヴィアは領地から王都の屋敷《やしき》に戻ってきていない。学園に通わない貴族は社交界でもまともな扱《あつか》いはされない。婚約の話が立ち消えになるのも時間の問題だった。

（オリヴィアを幸せにさせてやるものですか。あの女が持っているものはすべて奪《うば》ってやる。地位も名声も、私にこそ相応《ふさわ》しいわ）

笑い出したいのを堪《こら》えていると、正門に一台の豪奢《ごうしゃ》な馬車が現れた。

遠くの門から既に生徒たちは馬車に気づき、釘付《くぎづ》けになっていた。なぜならその馬車が騎乗した騎士を伴《ともな》っていたからだ。王都の中でも特に治安の良い地域に建つ学園に、わざわざ騎士を連れてくる貴族はまずいない。いるとすればそれは貴族ではなく――。

ポーチにゆっくりと停《と》まった馬車を見て、誰《だれ》かが「火竜《かりゅう》の紋章《もんしょう》だ！」と叫《さけ》んだ。

火竜の紋章とはすなわち、王家の象徴《しょうちょう》である。王家の馬車の登場に周囲がどよめいた。先ほどの賑やかさとは違《ちが》う、緊張《きんちょう》をはらんだざわめきが辺りに広がっていく。

今年学園に入った王族はふたり。王太子か、現王妃《おうひ》の息子《むすこ》である第二王子。馬車に乗っているのはふたりのどちらか、あるいは両方かと誰もが考えたその時。

「道を空けよ！」

突然そんな声が響《ひび》き、人垣《ひとがき》が左右に割れた。その先に立っていたのは明らかに新入生ではない体つきの男子生徒。その生徒は道ができたのを確認《かくにん》すると、脇《わき》に避《よ》け頭を下げた。

すると噴水《ふんすい》を背に、優雅《ゆうが》に、そして威風堂々《いふうどうどう》と現れたのは——。

「王太子殿下……！」

ジャネットのそばにいた令嬢が、悲鳴のような歓声《かんせい》を上げた。

ノア・アーサー・イグバーン。青みがかった黒髪を揺《ゆ》らし、王族特有の星空のような瞳を輝《かがや》かせ、次代の王が馬車に向かって歩いてくる。

ノアの放つ王者の風格に圧倒《あっとう》され、波のように礼の形が広がっていく。それでも彼が自分の前を通り過ぎると、ノアの一挙手一投足を見逃《みのが》さないよう皆《みな》が彼に注目した。

ジャネットが緊張しながら頭を下げると、ノアがすぐそばで立ち止まったのでドキリとする。もしかして、何か声をかけられるのではという期待が胸に広がった。

なぜなら自分は誉《ほま》れ高きアーヴァイン侯爵家の娘《むすめ》で、義姉が王都に戻らなければ自分に王太子妃の座が転がり込んでくる可能性がある。ノアも自分を意識しているのでは——。

「……オリヴィア」

ノアの艶《つや》やかな声に、周りにいた令嬢たちがはしゃぐように反応したが、ジャネットはひとり凍《こお》り付いた。いま王太子は何と言ったのか。

まさか、とジャネットが顔を上げるのと、馬車の扉《とびら》が開かれるのは同時だった。

柔らかな花の香りとともに現れたのは――。

「女神《めがみ》だ……」

思わず、といったような誰かの呟《つぶや》きを否定する者は皆無《かいむ》だ。

馬車から姿を現したのは、白銀に輝く髪と、透《す》きとおる泉のような瞳を持つ女生徒だった。スッと通った鼻筋、最も美しく宝石が煌《きら》めくようカットされたような輪郭《りんかく》。ほっそりとした長めの首筋、容易《たやす》く手折《たお》られる花のように華奢《きゃしゃ》な手足。

全身が発光するような神々《こうごう》しさの美少女が、蕾《つぼみ》がほころぶように微笑《ほほえ》んだ。

「ノア様……」

その微笑みを見た生徒が、突然何人もその場に倒《たお》れ込んだ。

倒れた生徒が皆「う、美しすぎる……っ」と呻《うめ》きながら恍惚《こうこつ》の表情を浮《う》かべ、呼吸困難のような症状《しょうじょう》に陥《おちい》っている。

「待っていたよ、オリヴィア」

ノアが差し出した手に、侯爵令嬢オリヴィア・ベル・アーヴァインがそっと手を重ねる。

「女神もひれ伏《ふ》す美しさだな」

星空の瞳を細めると、ノアはオリヴィアの手の甲《こう》に口づけた。

あちこちから女生徒たちの悲鳴が上がる。

「ノア様も、素敵《すてき》な王子様になられましたね」

「僕は元々素敵だろう？」

ノアがいたずらっぽくウィンクすると、オリヴィアが小さく吹き出し「そうでした」と口元を隠《かく》して笑う。

次の瞬間《しゅんかん》、ノアはもう我慢《がまん》できないとばかりに勢いよくオリヴィアを抱《だ》きしめた。

「の、ノア様⁉」

「会いたかった、オリヴィア！　僕の聖女！」

ドラマティックな光景に、歓声が沸《わ》き起こり学園はいまだかつてない騒《さわ》ぎとなる。その中でジャネットただひとりが、凍《い》てついた表情でオリヴィアをじっと睨《にら》みつけていた。


「ノア様、落ち着いてください！　人前ですよ！」

私をぎゅうぎゅうと抱きしめてくるノアの背を叩《たた》き、落ち着いてもらおうと試みる。

離れていたこの三年で、華奢な美少年だったノアは、すっかり逞《たくま》しい男性の姿になっていた。身長も伸《の》び、肩幅《かたはば》も広くなり、抱きしめられるとすっぽり覆《おお》われてしまう。

なんだかノアとは別の人に抱かれているようで、妙《みょう》にドキドキした。

「すまない。つい、嬉《うれ》しくて。本当にこの日を待ちわびていたんだ。許してくれ」

私を離さないままノアが顔を覗《のぞ》きこんでくる。

精巧《せいこう》な人形のように整った天使のような美少年は、大人の落ち着きと色っぽさを兼《か》ね備えた美青年に成長していた。だが満天の星を閉じこめたような瞳《ひとみ》だけはそのままで、私はどこか安心して笑った。

「ああ……オリヴィア。手紙はもらっていたが、三年間健《すこ》やかに生活していたのか？　こんなに細いままだなんて」

「健康的な生活をしていましたよ。ほら頬《ほお》のあたり、ふっくらしたと思いません？」

領地の離島《りとう》で健康的な食事をとり、時にはプチ断食《だんじき》で腸内リセットをしたり、運動や入浴で汗《あせ》を流しデトックスに励《はげ》んだ結果。私はこの約三年の間でなんと、衰弱状態から脱《だっ》することに成功した。

いまの私のステータスの状態は『正常』。そう、『正常』なのだ。

散歩で息切れをして倒れそうになるようなことはもうない。体調を崩《くず》し寝込《ねこ》むこともない。化粧で誤魔化《ごまか》さずとも肌《はだ》は健康的に輝いている。頬骨も肋骨《ろっこつ》も浮いていない。

私はもう骨と皮だけの幽霊《ゆうれい》のような不健康女ではなくなったのだ。

「確かに血色は良くなった」

「そうでしょう？　ノア様こそ、私のお教えしたデトックスは続けられてました？」

「続けていたさ。やらないとマーシャがうるさいんだ」

「さすがマーシャ。では、ヨガは？」

「……ここにいると皆動けないな。移動しよう」

にっこりと微笑み私をエスコートし歩き出すノア。

誤魔化されたのは明らかだが、邪魔《じゃま》になっているのは間違《まちが》いないのでおとなしく従う。

「オリヴィアが送ってくれた解毒剤《げどくざい》には何度も助けられたよ」

私たちが移動すると、周囲の何人かが「美しすぎる……」と呻きバタバタ倒れていく。

恐《おそ》らくノアのあまりの美しさに、ご令嬢《れいじょう》たちのハートが撃《う》ち抜《ぬ》かれているのだろう。それにしたって反応が過剰《かじょう》な気もするが。

「活性炭ですね？　お役に立てたのは嬉しいですけど、いまだにノア様が毒で狙《ねら》われていると思うと喜べません……」

「大丈夫《だいじょうぶ》だオリヴィア。僕も成長した。そう簡単には倒れないさ」

不敵に笑ったノアに頼《たの》もしさを感じ、その成長が嬉しくなる。

まるで久しぶりに会った親戚《しんせき》の子の成長に驚《おどろ》きながらも目を細めるおばちゃんの気分だ。

そんな自分がおかしくて思わず笑うと、あちこちから悲鳴が上がった。

「えっ。な、何かあったのでしょうか？」

「気にするな。磨《みが》き抜かれた美は、ときに凶器《きょうき》にもなるということだ」

「はい……？」

どういう意味か尋《たず》ねようとしたとき、周囲の空気が変わるのを感じた。

これまでとは違《ちが》うざわめきが広がっていく。何事かと視線を巡《めぐ》らせると、正面からこちらに向かって歩いてくる姿を見つけた。長身でしっかりとした肩幅、短く整えられたダークブロンド、肩で風を切るような勢いの良い歩き方には見覚えがあった。

（うっわぁ。いきなり最悪な奴《やつ》とエンカウントしちゃった）

「兄上。ここにいたのか。捜《さが》したぞ」

現れたのは、一度目の人生で私を捨てた元婚約《こんやく》者。第二王子ギルバートだった。よりにもよって、メイン攻略《こうりゃく》キャラのギルバートとは。もちろん不本意ながら王太子の婚約者候補なので、他《ほか》の攻略対象者より接点は多くなるかもしれないことは予想していた。だがまさか学園に足を踏《ふ》み入れて数分で、とはさすがに思ってもみない。

（シナリオを改変し生き延びるためにも、私にとって危険であるゲームの主要キャラたちには死んでも近寄らない！　……って、決意したのに）

「ギルバート……先に学園長室に向かうよう言ったはずだ」

「兄上がいないと意味がないだろ」

ふたりの王子が揃《そろ》ったことで、周囲（主に女子）が沸いた。異母兄弟ではあるが、ふたりとも抜群《ばつぐん》に整った容姿をしているので無理もない。

この騒ぎに紛《まぎ》れ身を隠そうとしたが、その前にギルバートに見つかってしまった。こちらに寄越《よこ》された新緑を思わせる瞳が、微《かす》かに見開かれる。

「お前は……」

(やば。バレた?)

ギルバートとは、一時王太子宮にメイドとして身を隠していたとき遭遇《そうぐう》している。

まさか三年近く前に一度会ったきりの相手を覚えているはずはないだろう。そう高を括《くく》っていたのだが。

「あのときのメイドに……似てるような」

ぼそりとギルバートが呟くのを私は聞き逃《のが》さなかった。

なぜ一瞬会っただけの地味なメイドのことなど覚えているのだ。もしかして、渡《わた》した炭クッキーがあまりに黒く、インパクトが大きすぎたのだろうか。

ゲームのシナリオは学園入学のこの日からスタートする。だというのに早々に出会ってしまっただけでなく、メイドに扮《ふん》していたことまでバレては取り返しのつかないことになる気がする。非常にまずい。

(そうだ、シナリオ!)

「行きましょう、ノア様」

ノアの腕《うで》を引くと、すぐに頷《うなず》きで返された。

「ギルバート。僕は講堂に寄ってから向かう。お前は先に行っていてくれ」

「あ……ま、待て」

ギルバートはまだ何か言いたそうにしていたが、ノアは私を隠すようにして歩き出す。

けれどギルバートは引き下がることなく追いかけてきた。

「兄上、その娘《むすめ》はもしかして――」

「僕の婚約者だ。お前とは何の関係もないよ」

「兄上の婚約者だったら紹介《しょうかい》してくれてもいいじゃないか」

歩きながらの兄弟の会話を聞いていると、ふたりの関係性がよくわからない。

いや、異母兄弟であるのは間違いないのだが、仲が良いのか悪いのかがいまいちはっきりしないのだ。政治状況《じょうきょう》を考えると、会話さえない兄弟になっているかもしれないと予想していたが、そこまでではないらしい。だがノアの態度はピリピリとしている。まるで私とギルバートを会わせたくないかのようだ。

私もギルバートとの接触《せっしょく》は避《さ》けたいので、とにかくいまはあそこへ向かわなければ。

乙女《おとめ》ゲーム【救国の聖女】における攻略対象者との第一の出会いイベントが起こる、学園前庭の噴水《ふんすい》へ！

「少しくらい、いいだろう兄上――」

「きゃっ⁉」

私たちが噴水を通り過ぎたとき、後ろで短い悲鳴が上がった。ハッと振《ふ》り返ると、ギルバートが女生徒とぶつかったようだった。続いてポチャンと噴水に何かが落ちた音がする。

「すまん。怪我《けが》はないか？」

「い、いえ。私もよそ見をしていたので。あ、でも、髪飾《かみかざ》りが……」

困ったように噴水を覗《のぞ》きこむ女子生徒の髪は、眩《まぶ》しい金髪《きんぱつ》。はちみつを煮詰《につ》めたような瞳《ひとみ》の愛らしい少女の顔を見て確信した。

（あれは【救国の聖女】の主人公、セレナ――つまり、本物の聖女！）

ゲームでは入学初日、主人公はギルバートとぶつかり、髪飾りを噴水に落とす。それを思い出し、ギルバートを誘《さそ》い出して強制的にイベントを発生させたのだ。

ギルバートの意識を自分たちからセレナに移すことには成功したが……。

ちらりとノアを窺うと、青い瞳も噴水前のふたりを見ていた。ノアはゲームの攻略キャラではない。だが、この世界の主役である聖女に何か感じるものがあるのではないか。

そんな私の心配をよそに、ノアは「いまのうちに行こう」とすぐにふたりから視線を外した。彼の反応にほっとしながら、私も主役のふたりに背を向ける。

（もし、ノアも攻略キャラたちのようにセレナに惹《ひ》かれたら――？）

一度顔を出してしまった不安の芽は、すぐには消えてくれそうになかった。

ステンドグラスに囲まれ、立派なデミウル像を祀《まつ》る講堂で行われたセレモニーは凄《すご》かった。何がというと、王子ふたりの人気がだ。

はじめは厳粛《げんしゅく》な雰囲気《ふんいき》のなか式は進行していたのだが、新入生代表としてふたりが壇《だん》上《じょう》に立った瞬間《しゅんかん》、講堂が震《ふる》えるほど沸《わ》いたのだ。

生徒の中でも既《すで》に派閥《はばつ》があるのか、それとも純粋《じゅんすい》にふたりの人気が二分されているのかはわからないが、競《きそ》うようにノアとギルバートの名が叫《さけ》ばれていたのが意外だった。

（ま、ギルバートが人気だろうと今回の人生では私には関係ないわ）

本来のストーリーで私は聖女とギルバートの仲を邪魔する悪女だが、いまの私は王太子の婚約者候補で、ふたりの邪魔になりようがない。ギルバートは好きなだけ聖女とイベントでイチャイチャすればいい。そう思っていたのだが――。

セレモニーが終わり教室に移動したあと、席に着き私は内心で震えていた。

（何で私がこのクラスに入るかな……？）

王立学園は二種類のクラスが存在する。ひとつはほとんどの貴族の子女が入るノーブルクラス。そしてもうひとつは王族やそれに連なる者、他国から留学してきた貴人、希少な能力者など、つまり要人のみが入れるロイヤルクラスだ。

私は一度目の人生では一般《いっぱん》的な貴族子女が入るノーブルクラスにいた。ギルバートの婚約者ではあったが、私には加護がなかったからだ。加護がないということは、精霊《せいれい》と契約《けいやく》し魔法《まほう》を行使する適性がないということ。ロイヤルクラスの生徒は魔力が高く、高位の精霊と契約する者ばかりだ。そんな中にいたら、きっと肩身《かたみ》の狭《せま》い思いをしていただろう。学園には逆行前と同じ、加護なしと申請《しんせい》している。当然今回もノーブルクラスになるだろうし、そうなればこちらからロイヤルクラスに近づかない限り、攻略対象者と関《かか》わることもほぼないだろうと、高を括っていた。

「これから毎日オリヴィアと過ごせると思うと、幸せすぎてデミウル神の許《もと》に召《め》されてしまいそうだ」

煌《きら》びやかな笑顔《えがお》で言ったのは、私の隣《となり》に座ったノア王太子殿下《でんか》だ。

教室は後方が階段状になっており、それぞれの段に長い机が置かれている。生徒は自由に席を選び座るというスタイルだ。私は二段目の窓側の長机に着き、なるべく目立たないよう気配を消そうと試みたのだが、ひときわロイヤルな輝《かがや》きを放つノアが邪魔《じゃま》をしてくる。

「ノア様……なぜ私がロイヤルクラスにいるのでしょう？」

「君は僕の婚約者だ。当然だろう？　ああ、君の申請書に加護がないと誤って記載《きさい》されていたから、水の加護があり、既にフェンリルと契約していると訂正《ていせい》しておいたよ」

なんと、私をロイヤルにぶちこんだ犯人は王太子殿下だった。というかなぜ彼が私の申請書の内容を知っているのだろう。しかも勝手に訂正してクラス変更《へんこう》までしていたとは。

（さすが強火担……執着《しゅうちゃく》が怖《こわ》い）

「それよりオリヴィア、ここだと黒板が見にくくないか？　真ん中の前にいる者と席を替《か》わってもらおうか」

「い、いえ。わざわざそこまで……」

「オリヴィア嬢《じょう》は目が悪いのか？　以前眼鏡《めがね》をかけていたことは？」

突然《とつぜん》隣の机からそう会話に入ってきたのは、ギルバート第二王子殿下だ。

なぜお前が入ってくる、と思いつつも無視をするわけにはいかないので作り笑顔で「ございません。視力は昔から良好です」とはっきり答えた。

私は分厚い眼鏡の地味な王宮メイドではない。この男もなぜあんな地味なメイドのことを何年も覚えているのか。王子というのはみんな執着強めな生き物なのだろうか。怖い。

「ギルバート。おかしなことを聞いて僕の婚約《こんやく》者を困らせるな」

「ちょっと聞いただけだろう。だいたい、まだ婚約者候補なんじゃないのか？」

「婚約式をまだ挙げていないだけで、彼女は間違《まちが》いなく僕の婚約者だ」

（なぜ私を挟《はさ》んで火花をバチバチ散らす？）

どうやらやはり仲が良いというわけではないようだ。兄弟げんかは他所《よそ》でやってほしい。

周囲の生徒も異母兄弟の王子たちの様子に戦々恐々《せんせんきょうきょう》としている。

こっそり席を替えたいと思っていると、教室の入り口からざわめきが聞こえた。

そちらに目をやると、金の髪のひと際《きわ》輝きを放つ美少女、この世界の主人公セレナが教室に現れたところだった。

「ねぇ、ご存じ？　あの方、平民出身なのですって」

「まぁ。なぜ平民がロイヤルクラスに？」

「貴重な光の加護を持っていて、子爵家《ししゃくけ》に養子入りしたらしいぞ」

「光の加護持ちでも辞退すべきよね。一緒《いっしょ》に学ぶ私たちの品位まで落ちてしまいそう」

平民出身というセレナの立場は既に学園内で知れ渡《わた》っているらしい。あちこちから彼女を批判する囁《ささや》きが聞こえてくる。

セレナ自身の耳にも届いているだろうに、彼女は居心地《いごこち》悪そうにしながらも、俯《うつむ》くことなく教室に入ってきた。キョロキョロしていたが、こちらを見て視線をぴたりと止める。

(なんか、嫌《いや》な予感……)

セレナはほっとした顔でこちらに向かって歩いてくると、なんと私に話しかけてきた。

「お隣、座ってもよろしいでしょうか？」

「えっ。あ、ええ……どうぞ」

断るわけにもいかず、そう言うしかなかった。

なぜここに座る、と思いはしたが、よく周りを見ると席はほぼ埋《う》まっていた。それに嫌《けん》悪感《おかん》を露《あら》わにしたり、鞄《かばん》を机に置き彼女が座れないようにしている生徒もちらほらいる。

セレナが座ると、さらに教室がざわついた。「平民が王族の隣に座るなんて！」などと

言っているのが聞こえてくるが、私は王族ではない。あくまでも王太子の婚約者候補だ。大事なことなので間違えないでほしい。

「あの、私、シモンズ子爵家のセレナと申します。よろしくお願いします」

緊張《きんちょう》したように自己紹介《しょうかい》をするセレナ。

周りの悪意ある陰口《かげぐち》や視線にも負けず気丈《きじょう》に振《ふ》る舞《ま》うその姿は、まさに主人公といった感じだ。健気《けなげ》で、思わず悪役令嬢である私も応援《おうえん》したくなった。

「はじめまして。私はアーヴァイン侯爵《こうしやく》家のオリヴィアです」

「こ、侯爵家の方でしたか！　大変ご無礼を……」

「へりくだることはありません。ここでは同じ生徒ではありませんか」

主人公なんだし、とつい頭を下げるのを止めてしまったが、「オリヴィア様……」と呟《つぶや》くセレナの感動したような表情に、しまったと思った。

変にいい人ぶって好かれても困る。悪役令嬢が聖女に近づけば、その先にあるのは死だ。

「あー、そうだ、ご紹介しますね。こちらはノア王太子殿下です」

私が紹介すると、よそ行きの笑顔を作ったノアを見て、セレナがピシリと固まった。

「え……お、おう、王太子、殿下……？」

「ついでにそちらはギルバート第二王子殿下です」

「ひぃ……！　だ、第二王子殿下⁉　そうとは知らず、先程《さきほど》は失礼を！」

「おい。ついでって何だ。ついでって」

不満そうな顔でこちらを睨《にら》むギルバート。そんな恐《こわ》い顔をしていないで、さっさと主人公セレナに王子様スマイルのひとつでも見せたらいいのにと思う。

「ギルバート王子殿下はとても気さくでいらっしゃるので、困ったことがあれば何でもお聞きになるとよろしいかと。きっと力になってくださいますわ」

「は、はあ。……ありがとうございます、オリヴィア様」

戸惑《とまど》いながらも律儀《りちぎ》にお礼を言う主人公、尊い。

きっとギルバートもあっという間にセレナの魅力《みりょく》の虜《とりこ》になる——。

「俺が気さくって誰《だれ》から聞いたんだ。お前は俺の何を知っている」

身を乗り出し、なぜかセレナではなく私に話しかけてくるギルバート。本当になぜだ。

このギルバートは攻略《こうりゃく》キャラとしてポンコツなのだろうか、と考えたところでハッとした。

(まさか、ギルバートが王太子ではなく第二王子になったことで、攻略対象者ではなくなったとか⁉)

だとすれば、代わりに攻略対象者となるのは——。

「ん？　どうかしたか、オリヴィア？」

勢いよく隣を見ると、私を見つめる青い瞳《ひとみ》とぶつかった。

セレナに惹《ひ》かれている様子は見て取れず、ほっとして首を振る。大丈夫だ。ノアは私と同じで毒殺の危機に晒《さら》され続ける悲運キャラだ。メインキャラにはなりえない。

「何かあれば、オリヴィアは僕に言うように。僕が気さくなのは君にだけだからね」

私の髪《かみ》をひと房《ふさ》手に取り、キスを落としながら言ったノア。

そのセリフに教室中の女生徒が黄色い悲鳴を上げた。「なんて素敵《すてき》なカップルなの！」

「オリヴィア様、応援しております！」となぜか私が応援されることに。

帰り際には親衛隊を作ってもいいかと数名の生徒に聞かれ困惑《こんわく》したが——。

(これってもしかしてデトックスを布教するチャンスなのでは？)

平穏《へいおん》とデトックスを天秤《てんびん》にかけた結果、親衛隊結成を了承《りょうしょう》してしまい、ノアに「悪魔崇《すう》拝《はい》は布教しないように」と笑顔で釘《くぎ》を刺《さ》されるのだった。


学園から侯爵邸《てい》へと帰った私は、馬車から降り三年前と変わらない我が家を見上げた。

「帰ってきてしまった……」

懐《なつ》かしむ気持ちよりも哀愁《あいしゅう》が勝った呟きがもれる。

離島《りとう》での平和な隠居《いんきょ》生活は終わった。今日からは再び毒と隣《とな》り合わせのサバイバルのような生活が始まるのだ。気合をいれなければ。

「大丈夫ですよ、お嬢様！　お嬢様（金のなる木）のことは、このアンが必ずお守りいたしますから！」

私の荷物を持ったアンが鼻息荒《あら》く誓《ちか》う。

「はいはい。期待してるわ」

「お金様のためならこのアン、たとえ火の中水のな――」

「誰がお金様だ、この守銭奴《しゅせんど》メイド」

「んぎゃっ！　ふ、フレッド様……」

別の馬車から降りてきたフレッドが、アンの顔面を笑顔《えがお》で鷲掴《わしづか》みした。

フレッドも私専属の執事《しつじ》として、アンと一緒に離島までついてきてくれた、数少ない使用人のひとりだ。このふたりは離島での生活で、かなり砕《くだ》けた関係になったように思う。

「まったく。君はお嬢様に対して度々《たびたび》無礼だぞ、アン」

「そんなことありませんよ。私は心からお嬢様を尊敬し、お仕えできることに喜びを感じているんです」

胸を張るアンに、フレッドはじとりとした目を向けた。まあ、そういう目になる気持ちもわかる。アンの優先順位は一にお金、二にお金、三番目でようやく私が入るかどうかだ。

「フレッド。アンはこれでいいのよ。それより早く中に入りましょ」

父・アーヴァイン侯爵は王宮に出仕している時間なので、まずは荷物を置こうと離《はな》れに向かった私たちは、待っていた惨状《さんじょう》に一様に言葉を失った。

飾られていた絵画や壺などはすべて姿を消し、絨毯は剥ぎ取られ、床は塵とほこりだらけ。寝室《しんしつ》は盗賊《とうぞく》でも入ったかのような荒《あ》らされようだった。ベッドの天蓋《てんがい》や寝具は切り裂《さ》かれ、鏡やテーブルはなぎ倒《たお》され、棚《たな》という棚が開け放たれ物色された形跡《けいせき》があった。

「な、何ですかこれ……ひどすぎます！」

アンがそう叫《さけ》んだ直後、後ろからカツカツとわざとらしい靴音《くつおと》が聞こえてきた。

「まあ。本当に帰ってきたのね」

振り返ると、三年前と変わらず着飾った継母《ままはは》・イライザが立っていた。私と同じく学園の制服を着たジャネットもすぐ後ろにいる。

私の顔を見て、継母が一瞬《いっしゅん》怯《ひる》んだ顔をした。

「ず、随分《ずいぶん》元気になったようね？　そんなに領地での生活が快適だったのなら、ずっと向こうにいても良かったのに」

「お久しぶりです、お継母《かあ》様。私もそうしたかったのは山々ですが、アーヴァイン侯爵家嫡女《ちゃくじょ》としての責務もございますから」

ジャネットも久しぶりね、と私がにこやかに言えば、ふたりはそろってたじろぐ。

何やらふたりの様子が三年前とは違《ちが》って、内心おやと思った。領地に雲隠《くもがく》れする前は、常にふたりは私に対し威圧《いあつ》的で、傍若無人《ぼうじゃくぶじん》な振《ふ》る舞《ま》いを見せていたのだが。

「ふ、ふん。でも先ぶれもなしに戻《もど》ってくるのは、家族であっても失礼じゃないかしら？

おかげであなたの部屋の準備がまったくできていないのよ。困ったわねぇ」

「構わないわよお母様。ベッドが使えないなら、床に寝《ね》ればいいんだから」

「それもそうね。田舎《いなか》の生活が快適だったなら、床で寝るなんて慣れたものよね？」

くすくすと笑い合う性悪《しょうわる》親子は相変わらずだ。私をいじめたくてたまらないらしい。

「森と言えば……三年前、森で行方《ゆくえ》不明になったとき、一体何があったのかしら？　発見されてからも屋敷《やしき》に戻らず、そのまま領地に療養《りょうよう》に向かったと聞いて驚《おどろ》いたのよ」

「まったくだわ。あんたの捜索《そうさく》のために騎士《きし》団まで動いたらしいじゃない。恥《は》ずかしいったらないわ」

「あの日何が起こったのか話しなさい。ただ迷子になっただけ、なんてこと、あるはずないわよね……？」

継母の目がギラリと光るのを見て確信した。あの日、私を殺すよう破落戸《ごろつき》たちに指示を出していたのは継母だ。森で何が起こったか、破落戸たちから話は聞いているのだろう。

継母が知りたいのは、破落戸たちがシロの登場に逃《に》げ去ったあとのことだ。私がどうやって生き延び、保護され、領地に向かうことになったのかが気になっている。

ただ、事情を知っているのは継母だけで、義妹《ぎまい》のジャネットは何も聞かされていないように感じた。再婚《さいこん》相手の連れ子に毒を盛るような女だが、実の娘《むすめ》は可愛《かわい》いということか。

どう答えようかと考えていると、不意に「何をしている」と冷たい声が聞こえてきた。

継母とジャネットがハッとしたように振り返る。そのふたりの向こう側から、こちらに歩いてきたのは──。

「お父様！」

父・アーヴァイン侯爵《こうしゃく》が執事長とフレッドを引き連れて現れた。

私は駆《か》け出し、勢いのまま父に抱《だ》き着きかけた。だが人前であることを思い出し、なんとか衝動《しょうどう》をこらえ父の前でドレスをつまみ礼をしようとしたのだが。

「オリヴィア」

頭を下げる前に抱き寄せられ、気づけば父の腕《うで》の中にいた。

「大きくなったな。そして、きれいになった」

先ほどとは違《ちが》う温かな声に、ほっとして広い背中を抱きしめ返す。

「お父様……ただいま帰りました」

「ああ。お帰り」

視界の端《はし》で、継母とジャネットがぼう然としている姿が映った。

それはそうだろう。三年前はこんな親子らしい触《ふ》れ合いなど一切《いっさい》なかったのに、私が領地から帰ってきた途端《とたん》、急に仲睦《なかむつ》まじくなったかのようにふたりには見えているはずだ。

領地に立つ前に、私と父がわだかまりを解いていたことなど継母たちは知る由《よし》もない。

「それで……ここで何をしていた？」

父が部屋の惨状を見て言うと、継母たちはギクリと顔を強張《こわば》らせた。

「荷物を置こうと思ったのですが……長く使っていなかったのでどうしたものかと」

「心配ない。お前の部屋は準備できている。もう離れを使う必要はない。お前は健康になったのだから、本館に戻るべきだ」

そう言うと、父は私をエスコートし本館まで連れて行ってくれた。通されたのは二階の一室。大きなバルコニーのある、日当たりが良く庭の緑がよく見える美しい部屋だった。華美《かび》ではないが調度品は高級感あふれるもので揃《そろ》えられ、落ち着いた印象がある。とても居心地《いごこち》の良さそうな空間にほぅと息がもれた。

「なぜこの部屋を!? ここは開かずの間だとおっしゃっていたではありませんか！」

追いかけてきた継母が、部屋を見てヒステリックに叫んだ。

ジャネットも部屋を見回すと、お前にはもったいないと言わんばかりの顔で睨《にら》んでくる。

「そうだ。ここはシルヴィア……この子の母親が生前使っていた部屋だ」

「お母様の……？」

「オリヴィア、今日からはお前がこの部屋の主だ。ここを気に入っていたお前の母も、きっと喜ぶだろう」

そう言って私を見つめる父の瞳が、窓から差し込む光を受けて優《やさ》しく煌《きら》めいた。

シルヴィア。それが私の母の名前。物心つく頃《ころ》には亡《な》くなってしまった母。まるで禁忌《きんき》かのように誰《だれ》もその名を呼ばなくなり、私も母の顔も名前も思い出せなくなっていた。

「シルヴィア……」

森、の意味を持つその名前を口にしたとき、自分の中に眠《ねむ》っていた強い何かが目覚めるように、全身を熱い血が駆け巡《めぐ》っていった。

「おいで、シロ」

それっぽく右手を天に向け呼ぶと、どこからか光が集まり白狼《はくろう》の姿に変わった。

学園の敷地内にある外の演習場に歓声《かんせい》が響《ひび》く。

「先生。これが私の契約《けいやく》している精霊《せいれい》です」

昼下がり、精霊魔法《まほう》の実践《じっせん》授業で精霊との契約が行われることになった。

通常は自分の加護を確認《かくにん》してその属性の精霊との契約式に入るのだが、私の場合は特殊《とくしゅ》すぎて公《おおやけ》になるのはまずい。創造神の加護（憐《あわ》れみ）は私にとっては微妙《びみょう》な加護だが、恐《おそ》らく他人の目にはもの凄《すご》く希少な加護に映るだろう。つまり、絶対に目立ってしまう。

不要に目立つことを避《さ》けるためにも、私は既《すで》に精霊と契約済みであることを公表することにした。どうせ学園側にはノアにバラされてしまっていたのも大きい。

「素晴《すば》らしい！　これはフェンリル……ですかな？　あまり見ない毛色ですが」

「その通りです。既に契約済みですので、この授業は見学でよろしいでしょうか？」

教師はシロに興味津々《きょうみしんしん》といった様子で、色々聞きたそうではあったが、「ではオリヴィア嬢《じょう》は見学で」と言うと授業のために離れていった。

「シロ、ありがとね」

『いいけど、おやつはマフィンが食べたいなぁ』

はいはい、と返事をすると、シロは上機嫌《じょうきげん》で尻尾《しっぽ》を振《ふ》ってじゃれてくる。

三年経《た》っても中身は相変わらず仔犬《こいぬ》のままだ。扱《あつか》いやすくて助かる。

「オリヴィア様、凄いですね！　既にフェンリルと契約していたなんて！」

魔法陣《まほうじん》を出ると、【救国の聖女】の主人公・セレナが無邪気《むじゃき》に声をかけてきた。

（あなたはこれから、もっと凄い精霊と契約するんだけどね）

ゲームでは、主人公は聖女にしか召喚《しょうかん》できない精霊と契約するのだ。

私は無難に「ありがとう」と返し、そそくさと距離《きょり》をとった。あまり懐《なつ》かれても困る。

授業は順調に進み、生徒たちはそれぞれの加護に合った属性の精霊を呼び出していく。

時折精霊に反発されることもあったが、大きな問題はなく契約を済ませていった。

歓声が大きくなったので顔を上げると、演習場中央の魔法陣で、第二王子ギルバートが儀式《ぎしき》を始めるところだった。

召喚されたのは、火の上位精霊・イフリートだ。

燃え盛《さか》る炎《ほのお》を立ち昇《のぼ》らせる魔人の迫力《はくりょく》に、悲鳴と歓声が入り混じった騒《さわ》ぎとなっている。

「やっぱり王族は火系統なんだな！」

「それはそうだろう。イグバーンは火竜《かりゅう》の守護する国だからな」

近くにいた生徒の会話に、なるほどと思う。

前世でゲームをプレイしていたときや、一度目の人生では意識したことがなかったが、ギルバートが火の加護を持っているのはそういう設定があるからららしい。

「あの、オリヴィア様……」

「ん？　あなたは昨日話しかけてくれた方よね？　確か親衛隊がどうとか」

恐る恐るといった風に声をかけてきたその女生徒の後ろにも、数名控《ひか》えている。もう親衛隊ができたのだろうか。

「は、はい！　この度《たび》、オリヴィア様の美を崇《あが》め隊の隊長を務めさせていただくことになりました、ケイトと申します！」

「ん……？　なんだか隊の名前を聞き違《ちが》えた気がするのだけど」

「オリヴィア様の美を崇め隊の結成を承諾《しょうだく》していただき、誠《まこと》にありがとうございます！」

(聞き違いじゃなかったかー)

普通《ふつう》にオリヴィア親衛隊ではだめだったのだろうか。これだと「私の美を崇めなさい！」と私が親衛隊を作ったかのようだ。いかにも悪役令嬢がしそうなアレである。

「私たち、どうしてもオリヴィア様にお聞きしたいことがあって……」

「オリヴィア様は、どうしてそんなにもお美しいのですか！」

「美の秘訣《ひけつ》を教えてくださいませ！」

「美の秘訣……？　それはもちろん、デトックスね」

デトックス？　と三人が目を輝《かがや》かせ食いつく。

私は恥《は》ずかしい名前の親衛隊たちに、デトックスがいかに重要かを熱く語った。日々毒素を体にため込んでいること、それをうまく体外に排出《はいしゅつ》できれば、自然と体は健康になり、美肌《びはだ》や美髪《びはつ》も手に入るのだと。

ぜひ詳《くわ》しく知りたいという願ったり叶《かな》ったりな彼女たちの言葉に、今度お茶会でもと提案したとき「オリヴィア嬢」と聞き覚えのある声に呼ばれた。

嫌《いや》な予感に笑顔《えがお》を引きつらせながら振り返ると、予想通りギルバートが私を見ていた。

「少しいいか。聞きたいことがあるんだ」

「……何のお話でしょう？」

この場でさっさと言え、という本音を飲みこみ尋《たず》ねる。

ギルバートがちらりと親衛隊を見ると、察しの良い令嬢たちは「また後ほど」と微笑《ほほえ》んで離《はな》れていく。なんと教育の行き届いた子たちだろうか。置いていかないでほしかった。

「実は、君と似ている人を捜《さが》している」

「私と似た方、ですか？」

「君の血縁《けつえん》で、以前王宮のメイドとして仕えていた女性はいないか？　眼鏡《めがね》をかけていて、年は俺たちとそう変わらないくらいの。ビビアンという名前なんだが」

「残念ながら心当たりがございません」

「そうか……。ところで、真っ黒なクッキーを作ったことはあるか？」

一瞬《いっしゅん》、体が固まってしまった。気づかれなかっただろうか。

「……真っ黒なクッキーですか？　そうですね、お菓子《かし》を焦《こ》がした経験は恥ずかしながら何度かございますが」

「いや、焦げていたわけではなく、ただとにかく黒いクッキーで――」

やはり炭クッキーのインパクトが強すぎたらしい。失敗したなと思っていると、再び演習場が沸《わ》いた。

ハッと中央を見ると、ノアが精霊を召喚したところだった。

バチバチと火花が散り、周囲に電撃《でんげき》が走る。現れたのは、雷《かみなり》の上位精霊・ペガサスだ。周囲から「火の精霊じゃない」と意外そうな、どこか落胆《らくたん》したかのような声がちらほら聞こえてくる。そんなことでノアの王太子としての資質は損《そこ》なわれないだろうに。

私はむしろ、ノアは苛烈《かれつ》な火のイメージではないと思っていたので大いに納得《なっとく》した。放電する魔法陣の中でペガサスとの契約をする彼は、威光《いこう》にあふれ神々《こうごう》しくさえ見える。

その神々しさを引きずったまま、契約を終えたノアが真っすぐにこちらに向かってきた。

「僕の婚約者《こんやく》に何の用かな？」

私を背に隠《かく》すようにして、ノアがギルバートとの間に立つ。

「またそれか兄上……。婚約者なら、きちんと名前で呼んだらどうだ？」

ギルバートのあきれ声に、ノアが「僕のオリヴィアに何か用？」とわざとらしく言い直した。強火担こわい。

「クラスメイト同士、会話するくらい普通だろ」

「兄の婚約者に不要に近づくのは誤解を招くぞ？」

「……あまり束縛《そくばく》が強いと嫌《きら》われるんじゃないか？」

兄弟間の火花再び。ただでさえ目立つふたりなのだからおとなしくしていてほしい。特に私がいるときは本当にやめてくれと思う。

止めるべきか離れるべきか迷っていると、突然《とつぜん》演習場を眩《まばゆ》い光が包み込んだ。

ハッと振り返ると、魔法陣の中心には【救国の聖女】の主人公・セレナがいて、精霊を召喚するところだった。ついに聖女誕生のときが来たのだ。

真っ白な輝きを放ちながら現れたのは、光の精霊最上位・癒《いや》しの女神《めがみ》パナケイア。

パナケイアと同様に清らかな光を放つセレナは、息を呑《の》むほど美しい。ゲームでもこのシーンのスチルが本当にきれいで印象的だったことを思い出した。

ぼう然としていた生徒たちも「伝説の女神だ！」「まさかあの子が……」と騒ぎ始める。

ちらりとノアを窺うと、星空の瞳《ひとみ》を大きく開き、セレナを食い入るように見つめていた。

「神託《しんたく》の、聖女……」

ノアの呟《つぶや》きが聞こえ、胸が締《し》め付けられるように痛んだ。

いまこのとき、ノアは何を感じただろう。何を思っただろう。

（だから言ったじゃない。私は、聖女じゃないって——）

第五章

学園からの帰り道。私は馬車の窓からぼんやりと外を眺《なが》めながら、ため息をついた。

『オリヴィア。うちの馬車で送る。一緒《いっしょ》に帰ろう』

ノアの申し出を丁重《ていちょう》にお断りしたのは、ひとりになって考えたいことがあったからだ。

乙女《おとめ》ゲーム【救国の聖女】の主人公・セレナが、聖女にしか召喚《しょうかん》できない伝説の精霊《せいれい》・パナケイアと契約《けいやく》した。

召喚時の姿は、ゲームで見たヒロインスチルとまったく同じ。セレナとパナケイアの美しさに、ノアも含《ふく》めその場にいた誰《だれ》もが見惚《みと》れていた。

契約の儀《ぎ》が終了《しゅうりょう》すると、戸惑《とまど》いと興奮を隠せない様子のセレナに拍手《はくしゅ》と喝采《かっさい》が送られた。

そしてしばらくすると私への遠慮《えんりょ》がちな視線が増え始めた。仕方ないことだと思う。私が『王太子を救った聖女』だという話が社交界では噂《うわさ》になっていたのだから。

騒《さわ》ぎを聞きつけた教師陣《じん》が集まってきて、これ以上はまともな授業にはなりそうになかったので、私は誰とも会話をしないよう足早に学園を後にすることにした。

我《われ》に返ったノアが追いかけてきて、何か色々フォローするようなことを言っていた気がするが、よく覚えていない。私も動揺《どうよう》していたのだ。

「覚悟《かくご》してたはずなのにな……」

ぽつりと呟くと、何もなかった空間に光の粒《つぶ》が集まり、シロが現れた。

私の膝《ひざ》に顎《あご》を乗せて『オリヴィア、大丈夫《だいじょうぶ》？』とつぶらな瞳で見上げてくる。

「大丈夫よ。わかっていたことだもの。どうしたってこの世界は、主人公のためにあるんだから」

所詮《しょせん》私は、悪役令嬢《れいじょう》なのだ。今日改めてそれを思い知らされた。

シロの柔《やわ》らかな毛並みに癒されようと、ギュッと抱《だ》きしめる。おかげで少し気持ちが落ち着いたけれど、ズキズキとした胸の痛みは一向に消えることはなかった。


侯爵邸《こうしゃくてい》に着くと、先に帰っていたらしいジャネットが、エントランスで継母《ままはは》イライザと立ち話をしているところだった。

案の定、私を見てジャネットがにんまりと笑う。これから言われるだろうことは、その表情からわかりきっていた。

「あーら。今日は王太子殿下《でんか》に送っていただけなかったの？　そりゃそうよねぇ。だって本物の聖女が現れたんだもの」

嫌味《いやみ》ったらしくジャネットが言うと、継母が疑わし気に問いかけた。

「ジャネット。その子爵令嬢が聖女だというのは間違《まちが》いないの？」

「そうよ、お母様。伝説の、癒しの女神と契約したんだもの。癒しの女神は聖女だけが召喚できるんだから、間違いないわ！」

まるで自分が癒しの女神を召喚したかのような口ぶりだ。

私が聖女ではないからといって、自分が代わりに聖女になれるわけではないのにこの喜びよう。ジャネットはそれくらい私のことが目障《めざわ》りらしい。

「ということは、オリヴィアは聖女ではなかった……」

ジャネットとは違《ちが》い、喜ぶ様子はなく何やら思案げな継母だが、その娘《むすめ》は構わず「その通りよ！」と高笑いする。

「聖女の契約相手がただの精霊フェンリルなわけなかったのよ！」

ジャネットのその言葉に、それまで黙《だま》って私の足元に寄り添《そ》ってくれていたシロが牙《きば》を剝《む》いた。グルグルと義妹《ぎまい》を威嚇《いかく》するように喉《のど》を鳴らす。

『僕はただの精霊なんかじゃ――』

「シロ。だめよ」

『……でもぉ』

不満そうなシロの頭を撫《な》で、ジャネットを見据《みす》える。

「ジャネットはよほど素晴《すば》らしい精霊を召喚したのね？」

「は……？」

「フェンリルをバカにするくらいだもの。あなたはどんな精霊と契約を結んだのかしら？水の神？　それとも闇《やみ》の女神かしらね」

私が微笑《ほほえ》むと、ジャネットはカッと怒《いか》りにか羞恥《しゅうち》にか顔を赤らめた。

ジャネットは一応貴族の子女として魔力《まりょく》はあるが、それほど量は多くないうえに制御《せいぎょ》が下手《へた》で、逆行前に精霊との契約に何度も失敗しているのだ。恐《おそ》らく今回も、初日では契約できなかったのだろう。

「わ、私のことはどうでもいいでしょ！」

「ええ、そうね。どうでもいいわ。だからこれ以上話すことなんてないので失礼するわね。疲《つか》れているの」

素っ気なく言ってジャネットたちの脇《わき》を通り過ぎる。

「なんなのその態度……！　聖女じゃなかったあんたなんて、すぐに王太子殿下に捨てられるんだから！　調子に乗っていられるのもいまのうちよ！」

（そんなこと、私がいちばんよくわかってるわ）

キャンキャンわめくジャネットだったが、継母は不思議なほどに静かだった。いつもならジャネット以上に嫌味を言ってきそうなところなのに。

気になりつつも、本当に疲れていたので真っすぐ自分の部屋に向かう。食欲もわかず、日課のヨガをやる気にもなれなかった。ベッドに寝転《ねころ》んでも、ちっとも眠気《ねむけ》がこない。ひとりでただぼんやりと窓の外を眺めていると、いつの間にか夜になっていた。

星空を見ると、ノアの瞳を思い出してしまう。胸の痛みが強くなるのを感じていると、ノックが響《ひび》き、父が入ってきた。

「夕食もとらず、何をしているんだ？」

「お帰りになっていらしたんですね。出迎《でむか》えもせず申し訳――」

「そんなことは気にするな。……学園で騒ぎがあったそうだな」

なんだ、知っているのかと私は肩《かた》から力を抜《ぬ》き苦笑《くしょう》した。

王宮にいた父の耳にも届いたのなら、国王夫妻にも既《すで》に情報がいっているのだろう。

「私は、聖女ではないんです……」

俯《うつむ》くと、父が傍《そば》まで来て私の目元を拭《ぬぐ》った。

泣いてなどいないのに、と不思議に思いながら父の顔を見上げる。

「知っている」

「え……？」

「お前はずっとそう言っていたからな。それに――」

何かを言い淀《よど》む様子に首を傾《かし》げると、少し寂《さび》しそうに微笑んだ父に抱きしめられた。

温かく広い胸から、何とも言えない落ち着いた香《かお》りがする。

「聖女かどうかは重要ではない。お前が私の大切な娘であることに変わりはない。これまでも、これからも」

淡々《たんたん》とした口調でも、優《やさ》しさと愛情にあふれて聞こえた。

父のその言葉を聞いた拍子《ひょうし》に、ぽろりと涙《なみだ》がこぼれ落ちる。だってわかってしまったから。この言葉をかけてもらいたかったのだと。

(私はノアに、こう言ってほしかったんだ……)

ずっと気づかないふりをしていた。前世はアラサーで、ノアのことは親戚《しんせき》の子を愛《め》でるような気持ちで見ているのだとか、ゲームの世界では同じく毒殺される仲間だとか、運命共同体だとか、都合のいい理由を並べ立て、芽吹《めぶ》いた感情に蓋《ふた》をしていた。

でももう無理だ。これ以上は自分を誤魔化《ごまか》せない。

私だけに向けられる微笑みに、甘い言葉に、星空の眼差《まなざ》しに、とっくに囚《とら》われていた。

私はノアを、愛してしまったのだ。

†

朝食に毒が盛られていた。いまはフレッドやアンたちメイドが目を光らせているのに、一体どうやったのか。私は半ば感心しながら、敢《あ》えて毒入り朝食を食べた。

領地の離島《りとう》に引きこもっていた三年間、毒スキルのレベルアップを目論《もくろ》んでいたのだが、実はまったくといっていいほど進んでいなかったりする。

そもそも離島なので調達が難しい。持ち込まれるものはすべてフレッドが目を通しているので、ちょっと毒を頼《たの》みたい、などと業者に交渉《こうしょう》することもできなかった。おまけに離島に自生する毒物もほぼなかったのである。

今後不測の事態が起きても慌《あわ》てずに済むよう、チャンスがあればどんどん毒を摂取《せっしゅ》してレベルを上げていきたい。離《はな》れの裏の森にもまた探しに行きたいが、あそこで刺客《しかく》に襲《おそ》われた過去があるので許してはもらえないだろう。

(だからって、食事に毒を盛られてラッキーと感じるのもどうかと思うけど)

経験値の入る音を聞きながら食事を終える。毒スキルのおかげでやはり普通《ふつう》の食事より上質な味わいがあったが、いまはそれを堪能《たんのう》できる気分ではなかった。

「フレッド。今日は休むと学園に連絡《れんらく》を入れてくれる?」

専属執事《しつじ》のフレッドを呼び指示を出すと、気遣《きづか》わしげな目を向けられる。

「オリヴィアお嬢様、お体の調子が優《すぐ》れないのですか? まさか、食事に何か――」

「少し目眩《めまい》がするだけだから心配しないで。……そうだ、一応王太子宮にも学園を休むとお知らせしておいて」

ノアが迎えに来る前に。そう言おうとした自分に苦笑する。ノアはもう、私を迎えには来ないかもしれないのに、と。

フレッドを見送ると、私はベッドにパタリと倒《たお》れこんだ。昨日に引き続き、今日も何もやる気になれない。学校もサボってしまった。だがこれで継母《ままはは》は、私が毒入りの食事をとったと思うことだろう。ちょうど良かったな、とため息をつき目をつむる。

美味《おい》しい（毒入り）食事、柔らかなベッド、明るく暖かい部屋。幸せの中にいるはずなのに、なぜかいまはすべてが色褪《いろあ》せ、味気なく感じた。

学園をサボり考えたのは、主人公であるセレナと結ばれる相手のことだ。

一度目の人生では私の婚約者《こんやく》、ギルバート王子だった。だが二度目も同じ相手とは限らない。もしかしたら、ゲームでは攻略《こうりゃく》対象ではなかったノアになる可能性もある。私というイレギュラーが存在してしまっている以上、どんな変化があっても不思議ではなかった。

今後をぼんやり考えながら過ごしていると、午後になってノアの来訪が告げられた。

もう学園が終わる時間になっていたのか、と驚《おどろ》きながら慌てて迎える準備をする。部屋に招き入れると、ふたりきりになった途端《とたん》ノアは「すまなかった」と勢いよく頭を下げた。

「オリヴィアはずっと聖女ではないと否定していたのに、絶対に君は他《ほか》の人間とは違うものを持っているから、聖女に違いないと決めつけていた」

後悔《こうかい》でいっぱいの顔をするノアに、私は首を横に振《ふ》った。

ノアの考えはあながち外れてはいない。確かに私は普通の人とは違う。何せ二度目の人生を歩んでいる最中で、しかも前世の記憶《きおく》を持っている。創造神の加護（憐《あわ》れみ）や神《しん》獣《じゅう》まで与《あた》えられた、ある意味聖女以上に特殊《とくしゅ》な人間だ。

ノアが勘違《かんちが》いするのも無理はなかった。隠《かく》していた私も悪い。

「私がもっと強く否定するべきでした。……学園はきっと、大騒《おおさわ》ぎでしょうね」

「オリヴィア……」

本物の聖女が現れたことで、私は偽《にせ》の聖女となった。噂《うわさ》の渦中《かちゅう》にいるだろうことは想像できる。学園だけではなく、王宮でもその話題で持ち切りだろう。

「ノア様。私を婚約者候補から外してください」

「何を言うんだ、オリヴィア」

「私が婚約者では、ノア様の威厳《いげん》に傷がつきます。婚約の儀《ぎ》を済ませていなかったのは幸運でした。まだ正式な婚約者ではありませんから、関係の解消は容易《たやす》いでしょう」

ノアは怒《いか》りをこらえるように、青い星空の瞳《ひとみ》を揺《ゆ》らした。

「本気で言っているのか……？」

「本気です。もちろん、これからも活性炭は献上《けんじょう》しますし、殿下《でんか》が毒で倒れられたときに私ができることがあれば、すぐに駆《か》け付けます」

婚約者ではなく、友人として繋《つな》がっていることくらいは許されるだろう。

ノアには毒で死んでほしくない。私が生き延びるためにではなく、単純にノアが好きだから、生きてほしかった。

ノアはじっと私を見つめていたが、やがて深くため息をつくと、胸元《むなもと》からペンダントを引き出した。ペンダントトップになっていた指輪を外し、なぜか私の前に跪《ひざまず》く。そして私の左手をとり、薬指に指輪をはめてきたので驚いた。

「ノア様、これは……」

「この指輪は母の形見だ」

「ノア様の、お母様の？」

「生前、母はこの指輪をとても大切にしていた。まるで父の瞳のようだと、微笑《ほほえ》みながら眺《なが》めていた姿を覚えている。そしてこれは母の形見であると同時に、代々正統な王妃《おうひ》に受け継《つ》がれてきた王妃の指輪でもある」

驚きで言葉が出なかった。

つまりこの指輪は、イグバーン王国の王妃だけが身に着けられる特別な、それこそ国宝級の代物《しろもの》なのだ。決して悪役令嬢《れいじょう》が着けていい指輪ではない。

「陛下……父はこの指輪をエレノアには渡《わた》さず、僕に持っているよう言ってくれた。未来の王妃に渡しなさい、と」

「いけません、ノア様。私は受け取ることは――」

慌てて指輪を外そうとしたが、ノアに押しとどめられる。

少し悲しげな顔で首を横に振るノアを見ると、何も言えなくなった。

「僕の婚約者は、君以外ありえない」

「ノア様……」

「君のことは僕が必ず守る。だから僕から離れていかないでくれ」

私の左手にキスを落とすと、返事を聞かないままノアは足早に帰っていってしまった。

ひとりになり、少しだけ重くなった左手を見下ろす。ノアがくれた王妃の指輪には、青く輝《かがや》く宝石が飾《かざ》られている。神秘的な光を内包したそれに、自然と目が吸い寄せられた。

「まるで星空……彼の瞳みたい」

これを国王の瞳のようだと言っていたという、前王妃の気持ちがよくわかる。

指輪ごと左手をぎゅっと握《にぎ》り締《し》めた。ノアの気持ちが嬉《うれ》しくて、涙《なみだ》があふれてくる。だが彼の立場を考えると素直《すなお》に喜んではいけない気がして、ぐっと堪《こら》えた。

「ノア様……」

好きになった相手の名前を呟《つぶや》く声は、静かな部屋に溶《と》けて消えていった。

次の日、ノアが迎《むか》えに来る前に私はひとりで馬車に乗り学園に向かった。

馬車から降りると、一斉《いっせい》に私に視線が集中するのを感じ、体が硬《かた》くなる。

「あの方、偽者だったんでしょ……」

「殿下を騙《だま》していたくせに、よく来られたな……」

ひそひそと、私を窺いながら話す生徒たち。

入学初日とは周囲の目や態度、雰囲気《ふんいき》が一変している。冷たく、よそよそしく、まるで視線の針で突《つ》き刺《さ》されるようだった。

目を閉じ、深呼吸する。

(大丈夫《だいじょうぶ》でしょ、オリヴィア。予想していたことじゃない)

目を開き、顔を上げる。私は悪役令嬢らしく胸を張り、堂々と歩き出した。髪《かみ》をなびかせ、あらゆる好奇《こうき》の視線を撥《は》ねのけ、一歩一歩強く進む。

別に悪いことをしたわけではない。私が気まずい思いをする必要などないのだ。

校舎に入り教室を目指していると、目の前に人だかりが見えてきた。その中心にいたのは真の聖女だった。平民出身と蔑《さげす》まれていた主人公セレナが、貴族の子女に囲まれ照れくさそうに笑っている。どうやら聖女ということが判明し、一躍《いちやく》人気者になったらしい。

ゲームでも、精霊契約《せいれいけいやく》をきっかけに待遇《たいぐう》がガラリと変わっていたのを思い出した。ここから攻略対象である男性キャラとの遭遇《そうぐう》率がぐんと上がるはずだ。

彼女は一体、誰《だれ》のルートに入るのだろう。未来のシナリオを考えながらじっと見つめていたせいか、セレナが私に気づき目を見開いた。

「あっ。オリヴィア様……」

セレナの呟きに、彼女を取り巻いていた生徒たちが一斉にこちらを向く。

セレナが私に声をかける素振《そぶ》りを見せたが、それより先に私を呼び止める生徒がいた。目の前で、数名の女生徒が「ご機嫌《きげん》よう」と丁寧《ていねい》に礼をする。

「あなたは……親衛隊のケイト」

「はい！　オリヴィア様の美を崇《あが》め隊のケイトです！　オリヴィア様に名前を憶《おぼ》えていただけたなんて光栄です……！」

興奮したように顔を赤らめるケイトの後ろには、他の親衛隊の子たちもそろっていた。

「本日もオリヴィア様の美は止《とど》まるところを知りません！」

「オリヴィア様をひと目見るだけで、世界のすべてが輝き出すようですっ」

「体調を崩《くず》されていたそうですが、お変わりのない美しさに安心いたしました！」

変わらないのは彼女たちのほうだ。まるで精霊契約の儀での出来事を知らないかのような態度に、戸惑《とまど》ってしまう。

「あの……あなたたちは聞いていないの？　私は聖女ではないのよ」

確認《かくにん》のために聞くと、三人は顔を見合わせた。

「もちろん存じております。その場におりましたし……」

「騒ぎになって、心配しておりました」

「生徒たちの態度の変わりように、内心憤慨《ふんがい》しております！」

私が偽聖女だと知っていて、変わらない態度をとってくれたのか。

どうして、と思わず呟くと、三人は誇《ほこ》らしげに胸を張る。

「私たちは、オリヴィア様の美を崇め隊です」

「オリヴィア様が聖女だから親衛隊を作ったわけではございません」

「あなた様が女神《めがみ》のように美しく、気高さと奥ゆかしさを併《あわ》せ持ち、身分問わず親切にしてくださる素晴《すば》らしいご令嬢だから、親衛隊を結成したのです！」

力説するケイトたち。学園にも、私の味方がいたことに驚いた。逆行前はありえなかった。私は家でも学園でも、社交の場でも常にひとりぼっちだったのだ。

俯《うつむ》くと涙がこぼれかける。それをぐいと拭《ぬぐ》い、顔を上げて「ありがとう」と微笑んだ。

「私たちが、心無い者たちからオリヴィア様をお守りいたします！」

「だって親衛隊ですから！」

「本当にありがとう。あの……良ければ、お友だちになってくれる？　私、同年代のお友だちがいないの」

「おおおお友だち!?　ここここ光栄ですっ」

それからケイトたちは壁《かべ》になり、私を冷たい視線から守ってくれた。

はじめてできた友人との会話は楽しく、いつしか私を蔑む声は聞こえなくなっていた。

王妃宮の温室。テーブルの皿に、色鮮《いろあざ》やかな羽の蝶《ちょう》が二羽とまった。

赤い爪《つめ》で飾られた王妃の指先が、ゆっくりとカップの縁《ふち》をなぞる。

それをオリヴィアの継母《ままはは》・イライザと、義妹《ぎまい》のジャネットは緊張《きんちょう》しながら見つめていた。

温室には普段《ふだん》の茶会のときとは違《ちが》い、いまは三人しかおらず静かだ。鳥のさえずりさえ聞こえない。

「そう……本物の聖女が現れ、王太子の婚約者《こんやく》は偽者《にせもの》として扱《あつか》われているの」

ジャネットの報告で、学園の様子を聞いた王妃の表情は何の変化もなかった。恐《おそ》らく聖女が女神を召喚《しょうかん》した噂《うわさ》は既《すで》に耳に入っていたのだろう。

「このままでもオリヴィアの評判は地に落ち、必然的に王太子の立場も危《あや》うくなっていくと思われます」

「ええ、そうね。でも、オリヴィア嬢が王太子を救ったことは事実だわ。国王陛下も彼女を気に入っているし――事実、学園でのことを知っても陛下はあまり動揺《どうよう》されていなかった。むしろ聖女ではなかったことで、オリヴィア嬢の王太子への献身《けんしん》が、より美談として語られる可能性もある。私が王太子なら、そうなるよう陛下に助力を願うわ」

確信しているような王妃の口調に、イライザとジャネットは身震《みぶる》いする。

偽聖女の化けの皮が剝《は》がれ、これでオリヴィアも終わりだと、安易に考えた自分たち凡《ぼん》人《じん》とは違う。やはり王妃《おうひ》は絶対に敵に回してはいけない、と改めて思った。

「でも……その手を打たれる前に、さらに問題が起きればどうかしら？　それも、婚約者を切り捨てたとしても、それだけでは済まない大問題」

「大問題……ですか」

イライザはごくりと唾《つば》を飲みこんだ。

そうなると、現在夫であるアーヴァイン侯爵《こうしゃく》もただでは済まないだろう。いくら国王に目をかけられているとはいっても限度がある。侯爵家の没落《ぼつらく》もありえるかもしれない。

もちろん侯爵家と一緒《いっしょ》に落ちる気はさらさらない。駒《こま》として使い道がある限り、王妃に見捨てられることもないだろう。

「間違っても、王太子が本物の聖女を婚約者に迎え入れるわけにはいかなくなるくらいの醜聞《しゅうぶん》があれば……代わりにギルバートが聖女の手を取る役を担《にな》うことになるでしょう」

紅茶を飲むと、王妃はカップを片手に嫣然《えんぜん》と笑った。

「聖女はふたりもいらないものね」

テーブルから蝶が一羽飛び立つ。

残りの一羽はいつの間にか、テーブルに横たわり動かなくなっていた。

聖女セレナの誕生から五日が経《た》った。

私を取り巻く環境《かんきょう》は日々悪化している。王太子をはじめとした王族を騙した悪女だと、どんどん中傷はエスカレートしており、アーヴァイン侯爵家の令嬢《れいじょう》という貴族的序列さえも、抑止力《よくしりょく》として機能しなくなりつつある。

「なぁオリヴィアサマ？　もう王太子殿下《でんか》との婚約はなくなったも同然なんだろ？」

「寂《さび》しいなら、俺たちが慰《なぐさ》めて差し上げますよ」

「残念ながら偽聖女を結婚相手に迎《むか》えることはできないけどな」

名前も知らない男子生徒たちに絡《から》まれることが増えた。

ニヤニヤと笑う彼らに内心ため息をつく。前世アラサーの記憶《きおく》を持つ私にとって、こんなからかいは屁《へ》でもない。中傷も逆行前に数えきれないほど受けており慣れたものだ。

無視をするに限る。男子生徒たちの前を素通《すどお》りしようとしたが、腕《うで》をつかまれ阻《はば》まれた。

面倒《めんどう》な、という気持ちが顔に出てしまっていたらしく、男子生徒が「そんなに嫌《いや》な顔されると傷つくなぁ」と白々しく言う。

「俺ら、オリヴィアサマの味方だぜ？」

「ちょっとゆっくり話せるところに移動しましょうか」

いやらしい目をする彼らに、まずいなと少し焦《あせ》りが生まれる。

周囲の生徒は見て見ぬふりどころか、この状況《じょうきょう》を面白《おもしろ》がっているようで、ちらちらとこちらを窺《うかが》いながら笑っている。

貴族は面子《メンツ》を重んじるので、失敗や醜聞には厳しい。一度傷がつけば、いくら高位貴族でもそういった扱いを受けることになるのだ。

（つまり、私はいまこの学園で一番ナメられてるのよね）

仕方ないとは思うが、だからと言って何でもして構わないと勘《かん》違いされては困る。

また騒ぎになると父に迷惑《めいわく》をかけるかもしれないが、シロを呼び出すべきか悩《なや》んでいると、「オリヴィア！」と聞き覚えのある声に呼ばれた。

顔を上げると、遠くからノアがこちらに駆《か》けてくるのが見えた。

ひどく焦ったような、怒《おこ》っているような彼の姿にほっとしたとき、ノアの行く手を阻むように数人の生徒が彼を取り囲む様子が映った。あれはノアの側近候補たちか。

学園にはご学友という名の王族の側近候補がいる。逆行前もギルバートの傍《そば》には側近候補の生徒たちが常にいた。

彼らに囲まれたノアが「放せ！」と声を荒《あら》らげ、いまにも精霊魔法《せいれいまほう》を繰《く》り出しそうな雰囲気《ふんいき》なのが伝わってくる。

そうなる前にシロを呼び出そうとしたとき、私と男子生徒たちの間に突然壁《とつぜんかべ》ができた。

「無礼な手を離《はな》しなさい！」

そう叫《さけ》び、男子生徒の手を払《はら》いのけたのは——。

「ケイト？」

「はい！　オリヴィア様の美を崇《あが》め隊隊長、ケイト・オベットです！」

満面の笑《え》みで振《ふ》り返ったのはやはり、恥《は》ずかしい名前の親衛隊隊長だった。

他《ほか》にも女生徒が四人、ケイトと同じように男子生徒から私を守るように立ちはだかった。

「な、なんだよ」

「俺たちはオリヴィアサマをお慰めしようと……」

「まあ、なんて身の程《ほど》知らずなこと！」

「本当ですわ！　あなたたちごときをオリヴィア様が相手にすると思って？」

「百回生まれ変わって出直していただきたいですわね」

「あら、百回じゃ足りません。千回は必要ですわ」

「一万回の間違いではございませんこと？」

言いたい放題の親衛隊たちに、男子生徒がたじろぐ。

ケイトはその隙《すき》に私の手を取ると、まるでエスコートするかのように歩き出した。

「行きましょう、オリヴィア様」

「そうです。このような輩《やから》に構っていても何の得もありません」

「ええ。時間のムダですわ」

令嬢たちにとどめを刺《さ》された形の男子生徒は、茫然自失《ぼうぜんじしつ》となり立ち尽《つ》くし、追いかけてくることはなかった。

ふんわりと柔《やわ》らかな甘い香《かお》りのする令嬢たちに囲まれ、私は肩《かた》から力を抜《ぬ》く。

「ありがとう、みんな。おかげで助かりました」

「礼など不要ですオリヴィア様！」

「そうです！　親衛隊として当然のことをしたまでで……」

「あら。お友だちとしてではなくて？」

「おおおおおお友だちとしてもです！　もちろん、はい！」

顔を真っ赤にするケイトたちに、くすりと笑いがもれる。

いまの私はひとりではない。だから大丈夫《だいじょうぶ》だ、としっかり顔を上げる。

（それにしても……親衛隊、増えてない？）

一体何人いるのだろう、と笑顔の下で考えながら教室に向かうのだった。


教室内では、生徒たちは主に三分割《ぶんかつ》するように席に着いていた。

ひとつは聖女を中心とした取り巻き集団、ひとつはノアを中心とした側近候補集団、そして私を中心とした親衛隊集団だ。

私はノアを避《さ》け、ノアは私に近づこうとするが周囲に阻まれている。側近候補の生徒たちにしてみれば、私の存在はノアの立場を危《あや》うくする爆弾《ばくだん》のようなものなのだろう。

聖女セレナが私たちを心配そうに見ていることには気づいたが、だからといって彼女と特別親しいわけでも、親しくしたいわけでもないのでそのままにしている。

聖女の存在はノアにとってはもろ刃《は》の剣《つるぎ》だ。私の代わりにセレナがノアの婚約者《こんやく》になれば、王太子としての立場は安泰《あんたい》だがこれまで以上に王妃に命を狙《ねら》われることになるだろう。できればノアの安全のためにも、セレナにはノアではなく、逆行前同様ギルバートルートに入ってもらいたい。

（……なんて、そんなのただの言い訳か）

窓の外を眺《なが》めるふりをし、自嘲《じちょう》する。ただ、私が嫌だからだ。ノアを想《おも》い身を引こうとする自分と、ノアを誰《だれ》にも奪《うば》われたくないと思う自分がせめぎ合っていた。

昼食の時間となり、ノアに声をかけられる前に足早に教室を出る。

「オリヴィア、待ってくれ。話を――」

「いけません、殿下」

「もう殿下がお心を砕《くだ》かれる必要はありません」

ノアと側近候補たちの言い争う声は、ケイトたちが「行きましょうオリヴィア様！」と明るい声で遮断《しゃだん》してくれた。

背を押されながら振り返ると、星空の瞳《ひとみ》はじっとこちらを見ていた。

捨てられた仔犬《こいぬ》のような、傷ついた、寂しげな色をしていた。

「今日は天気がよろしいですわね」

「昼食は食堂ではなく別の場所でとるのはいかがでしょう？」

「外で食べるのも楽しそうですわね！」

はしゃぐケイトたちの会話に救われながら廊下《ろうか》を歩いていると、不意に「オリヴィア様！」と呼ばれた。振り返ると、こちらに駆けてくる聖女の姿が。

嫌な予感がして後ずさりすると、私とセレナの間にケイトたちが素早く立ちはだかった。

「……聖女様、何か御用《ごよう》でしょうか？」

ケイトたちに守られてばかりもいられないので、自分から声をかける。

親衛隊たちは心配そうに私を見たが、セレナは逆にほっとしたような顔で微笑《ほほえ》んだ。

「あの、どうしても言わなくちゃと思ったことがあって」

「私にですか？」

「はい。オリヴィア様……王太子殿下《でんか》とお話しされたほうがいいのではないでしょうか？」

ピクリと眉《まゆ》が寄るのを止められなかった。

胸にじわりと嫌なものが広がっていく。これは恐《おそ》らく、嫌悪《けんお》と怒《いか》りだ。

けれど私の口からそれらが飛び出してしまう前に、代わりに言ってくれる人たちがいた。

「あなたがそれをおっしゃるの⁉」

ケイトに睨《にら》まれ、セレナは肩を跳《は》ねさせながらも続ける。

「私が言うのはおかしいかもしれませんが、おふたりのこと見ていられなくて……」

「おかしいと思うなら黙《だま》っていればよろしいんじゃなくて⁉」

「一体誰のせいだと……」

「無神経にもほどがありますわ！」

主人公セレナのことが嫌《きら》いなわけではない。聖女らしく心優《やさ》しい子なのだろうと思う。

けれど、彼女にだけは先ほどの言葉を言われたくなかった。

「あっ！　オリヴィア様……！」

ケイトの呼び止める声を背中に聞きながら、私はその場を逃《に》げ出した。


ひと気のない学園の裏庭にたどり着いた私は、シロを呼び出した。

持ってきていたデトックスクッキーを出すと、嬉々《きき》として食べ始めるシロ。

『これこれ～！　なんかこの黒さがクセになっちゃったんだよねぇ』

「ふふ。シロのマイペースさに救われる日が来るなんてね……」

炭クッキーをご機嫌《きげん》で頬張《ほおば》るシロをモフモフし癒《いや》されていると、すぐ後ろで足音がした。

振り返ると、予想もしていない人物が私の手元を覗《のぞ》きこんでいた。

「……やっぱりお前があのときのメイド、ビビアンだったか」

第二王子ギルバートが、じとりと私を見てどこかふてくされたように言う。

しまった、と内心思いながらも顔には出さないよう微笑んだ。

「ご機嫌よう、ギルバート王子殿下。私の名はオリヴィアです。どなたかとお間違《まちが》えでは？」

頬に手を当て、渾身《こんしん》のキョトン顔を作ったが、ギルバートは騙《だま》されなかった。なぜか若《じゃっ》干挙動不審《かんきょどうふしん》にはなったが。

「し、しらばっくれてもムダだ。呪《のろ》いのクッキーなんてものを作るのはこの世でひとりしかいないだろう」

「呪いの効果なんてありません。色が黒なのは炭が入っているからです」

呪いだの悪魔崇拝《あくますうはい》だの、この世界の人たちはデトックスに対する偏見《へんけん》がひどすぎやしないだろうか。

「炭ぃ？　お前、王子になんてものを食べさせたんだ。俺を殺す気だったのか？」

「そんなわけないでしょう！　実際食べても大丈夫だったじゃない！」

つい言い返してしまってから、ギルバートのにやけ顔を見てハッとした。

いまのは炭クッキーを渡《わた》したことを認めたことになる。完全にしてやられた。

舌打ちしたい気分だったが、仮にも相手は王子。仕方なく、ため息ひとつで我慢《がまん》した。本当は殴《なぐ》って気絶でもさせて、記憶《きおく》を失うことに賭《か》けたいくらいだ。

「やっと会えたな。なぜあのときはメイド姿だったんだ？」

「……あのときのことは忘れてください。色々と事情があるのです」

本当に、なぜギルバートは覚えていたのだろう。しかも私が使っていた偽名《ぎめい》まで知っている。あのとき私は名乗っただろうか。

「無理だな。この三年、ひとときも忘れたことはなかった」

誤解を生みそうな言い方だなと、思わずうろんげに見てしまう。

何だか変だ。ギルバートはこんなことを言う男ではなかったはずだ。少なくとも逆行前はありえなかった。彼は私に対し、名も知らぬ他人よりも冷たい態度だったのだ。それなのに、いま目の前にいるギルバートは逆行前とは違いすぎて調子が狂《くる》う。

「それで？　私に何か御用でしょうか、ギルバート王子殿下？」

「ああ。あのときの約束を果たそうと思って」

「約束……？」

はて。ギルバートと約束などしただろうか。なるべく関《かか》わりたくなかったので、当たり障《さわ》りのない会話しかした覚えはないのだが。

思い出せずに考えこんでいると、急にがしりと手をつかまれ驚《おどろ》いた。

「な、何ですか？」

若葉色の瞳が、じっと私を見つめてくる。木漏《こも》れ日を内包したような瞳は、王太子宮の入り口でこっそり泣いていた頃《ころ》のギルバートのものと変わっていなかった。

「恐らく、兄上は本物の聖女を妃《きさき》に迎《むか》えるだろう」

ギルバートの言葉に、唐突《とうとつ》に刃物を突《つ》きつけられた気持ちになった。

思わず彼の手を振《ふ》り払《はら》おうとしたが、しっかりと握《にぎ》り締《し》められ叶《かな》わない。まるで逃がさないとでもいうような強さだ。

「そんなことはわかっています。一体何をおっしゃりたいんですか？」

「三年前、俺のメイドにしてやると約束しただろう。だから……その」

なぜか急に顔を赤らめ、もじもじし始めるギルバート。

ギルバートは何を言い淀《よど》んでいるのか。そんなキャラではなかっただろう、気持ち悪い。

そういえば、そんなことを一方的に言われたような気がしないでもない。

「何です？　はっきりおっしゃってください」

「だ、だから！　どうしてもと言うなら、お前のことは俺が、き、妃にしてやっても――」

「オリヴィア！」

ギルバートが何かぼそぼそと喋《しゃべ》っている途中《とちゅう》で、焦《あせ》ったような声に呼ばれた。

聞き覚えのあるその声に、ハッとして振り返る。そこには息を切らしたノアが、険しい表情で立っていた。

「こんなところで何をしている？」

肩《かた》で息をしながら、ノアが近づいてくる。

私の傍《かたわ》らにいるギルバートを睨みつけ「それも、ふたりきりで」と声を低くした。

「特に何も……。ただ、世間話をしていただけです」

私が目を逸《そ》らしながら言えば、ノアは鼻先で笑った。

「手を握りながらする世間話とは、一体どんな話か興味があるな」

そう言われてはじめて、まだギルバートに手を握られていたことに気づいて慌《あわ》てる。

私が払う前に、ギルバートの手を振り払うノア。そのまま私の手をつかみ引き寄せる。

まるで抱《だ》きしめられているようで、顔が熱くなった。

「の、ノア様こそ。側近候補の皆様《みな》はどうされたのですか？　きっと皆さん心配されているのでは？」

「僕の婚約者《こんやく》を蔑《ないがし》ろにする者など不要だ。それよりオリヴィア、話をしよう。なぜそこまで僕を避《さ》けるんだ」

すがるように聞いてくるノア。

兄のそんな姿に、ギルバートが信じられないといった顔で「兄上が必死だ」と呟《つぶや》いた。

「避けているわけではございません」

「嘘《うそ》だ。……なぁ、オリヴィア。君の考えはなんとなくわかっている。僕のためなんだろう？」

私は俯《うつむ》き答えなかった。けれど聡《さと》い彼ならそれが答えだとわかるだろう。

「本当に僕のためと考えるなら、どうか傍《そば》にいてくれ。僕に君を守らせてほしい。約束しただろう？」

約束。ギルバートとの約束はわからなかったが、ノアがしてくれた約束は覚えている。

私を守る、と彼は言ってくれていた。本物の聖女が現れても、その約束を守ろうとしてくれているのが嬉《うれ》しい。でも私は、私がノアを守ると決めているのだ。

以前は毒殺の危機から守る、というだけだったがいまは違う。私はノアを、あらゆるものから守りたい。毒からも、彼の立場を危《あや》ぶめるものからも。彼を愛しているからだ。

だから私自身が彼の立場を危うくするのなら、私からも彼を守らなければならない。

制服の胸元《むなもと》をギュッと握った。その下には、ノアからもらった指輪の固い感触《かんしょく》がある。

「ノア様。私は――」

言いかけたとき、バタバタと廊下《ろうか》を駆《か》けてくる足音があった。

三人同時に振り返ると、男子生徒が血相を変えて裏庭に飛びこんできた。

「王太子殿下《でんか》！　大変です！」

「何があった」

尋常《じんじょう》ではない様子に何かが起きたと判断したノアは、先ほどまでの切なげな雰囲気《ふんいき》をかき消して現れた男子生徒と向き合う。男子生徒は青褪《あおざ》めた顔で言った。

「聖女様がお倒《たお》れになりました……！」

「何だと？」

訝《いぶか》しげに聞き返すノアだったが、私はハッとした。何だか既視感《きしかん》のある状況《じょうきょう》だったのだ。

人生をやり直すことになる前に起きた、恐《おそ》ろしい出来事に。

学園。昼下がり。そして裏庭。まさか、これはギルバートルートの最終分岐《ぶんき》イベントの始まりでは。だが本来は、様々なイベントをクリアしたのちに起こる卒業間際《まぎわ》の出来事だ。

ありえない。あの事件はこんなに早く起きるはずがない。

否定したい私を嘲笑《あざわら》うかのように、複数の慌ただしく走る足音が聞こえてきた。

「何事だ！」

ノアが私を守るように前に立つ。

裏庭に現れたのは、生徒を守る学園の衛兵たちだった。

どうして、と思わずよろめき、ノアの背中にすがる。

衛兵のひとりが前に出てきた。ノアの制服をギュッと握ると、彼が「どうした？」と一瞬《いっしゅん》振り返る。けれど私は答えられなかった。

「オリヴィア・ベル・アーヴァイン様。聖女毒殺未遂《みすい》の疑いがかけられています。我々《われわれ》にご同行ください」

第六章

窓のない馬車を降りると、目の前には高い石塔《せきとう》が建っていた。

周囲に顔を巡《めぐ》らせると、見えるのは深い緑の木々だけ。それだけなのだが、見覚えのある景色に私は身震《みぶる》いした。

「ここは王宮の北の外れにある古塔です。尊い身分の方が罪を犯《おか》した場合、身柄《みがら》がここに移されます」

学園から私を連行してきた騎士《きし》が、そう説明してくれた。声が気遣《きづか》わしげなのは、私のことを知っているからだろうか。もしかしたら父と関《かか》わりのある騎士なのかもしれない。

北の古塔は罪を犯した王族が入る牢《ろう》だ。一般《いっぱん》の罪人が収容される牢獄《ろうごく》とは待遇《たいぐう》が違《ちが》う。

私はもちろん王族ではないけれど、王太子の婚約者という立場を考慮したのだろう。一度目の人生でもそうだった。あのときはギルバートの婚約者だったが。

見張りのいる入り口から中に入ると、湿《しめ》った重い空気が肌《はだ》にまとわりついた。石階段をのぼり最上階に向かう。そこには鉄格子《てつごうし》の小窓がついた扉《とびら》が待っていた。

（この扉の向こうで、私は毒を盛られて死んだ……）

凄絶《せいぜつ》な苦しみを思い出し、体が震える。

また、あのときと同じように死ぬのだろうか。だとしても、もう毒で苦しみたくはない。食事は絶対に口にしない。あの毒の苦しみを味わうくらいなら、飢《う》えて死ぬほうを選ぶ。

騎士が錠《じょう》を解き、扉を開ける。中に入ると恐怖《きょうふ》で足が竦《すく》んだが、ふと見回すと逆行前に見たときとは少し景色が違う気がした。

小さな鉄格子の窓にはカーテンがつき、寝具《しんぐ》も清潔なものが用意されている。不快な匂《にお》いもなく、虫や害獣《がいじゅう》も見当たらなかった。

「急なことで間に合わなかった部分もありますが、できる限り清掃《せいそう》し、備品も整えました」

「あ、ありがとうございます……。でも、どうして」

「王太子殿下のご指示です」

励《はげ》ますような騎士の微笑《ほほえ》みと言葉に、目頭《めがしら》が熱くなった。

制服の胸元をギュッと握る。それだけで、ノアの存在を近くに感じた。

「ここは特殊《とくしゅ》な魔《ま》法陣《ほうじん》が敷《し》かれておりまして、精霊《せいれい》を召喚《しょうかん》することができません。外からの侵入《しんにゅう》も不可能です」

「そうですか……」

「……扉の前、それから外に警備兵がおります。何か不便があれば、呼び鈴《りん》をお使いください。可能な限り対応させていただきます」

騎士はそう言うと、容疑者である私に対し恭《うやうや》しく礼をし、部屋を出ていった。

逆行前とは随分《ずいぶん》違う。あのときは乱暴にここに連れてこられ、何の説明もなく閉じこめられた。呼び鈴などもちろんなかったし、いくら声で呼んでも誰《だれ》も対応してくれず、孤独《こどく》な最期《さいご》を迎《むか》えたのだ。だが、いまはあのときとは違う。

きれいに掃除《そうじ》され、絨毯《じゅうたん》まで敷かれた床《ゆか》を見下ろしながら、先ほどの騎士の言葉を思い出す。彼は精霊を阻《はば》む魔法陣が敷かれていると言ったが——。

「……シロ」

そっと名前を呟くと、宙に光の粒子《りゅうし》が集まってきた。

ほっとして、肩《かた》から力が抜《ぬ》ける。やはり大丈夫《だいじょうぶ》だったか。精霊は召喚できなくても、神獣ならできるかもしれないと考えたのだが正解だった。

『オリヴィア、大丈夫？』

光の粒子が狼《おおかみ》の姿を作り上げると、シロは私にすり寄り心配そうに見上げてきた。

とりあえず、その大きくふかふかな体をギュウと抱きしめる。アニマルセラピーは効果覿面《てきめん》で、すぐに私の震えは止まった。

「シロが呼べて良かった……」

『ほんと、僕が精霊じゃなくて良かったね？　どうする？　脱出《だっしゅつ》する？』

「できるの？」

『簡単だよぉ。その壁《かべ》を壊《こわ》して出ればいいんだもん』

予想よりかなり力業《ちからわざ》だったので苦笑いしてしまう。

どちらにせよ、シロの力で脱獄するつもりはなかった。正規の方法でここを出なければ、自分の罪を認めたことになる。それでは父やノアに、いま以上に迷惑《めいわく》がかかってしまう。

「私はここにいる。きっとお父様が動いてくれるから」

逆行前は築けなかった、親子の信頼《しんらい》と絆《きずな》がいまはある。父は必ず私を信じて、どうにかして救おうとしてくれるだろう。

「だから、シロはノア様のところに行って」

『ええ？　なんでぇ？』

「ノア様は、お父様より無茶《むちゃ》をしてしまう気がする。心配なの」

『でも僕、オリヴィアを助けるためにとんでもないことをしてくれそうで恐ろしい。何せオリヴィア強火担なのだ。私のためにとんでもないことをしてくれそうで恐ろしい。』

「お願い。私は無事だから、どうか落ち着いてって伝えてほしいの。ノア様は頭がいいから、冷静になればきっと私をここから出すいい方法を考えてくれるはず」

『けどぉ……』

「シロにしか頼《たの》めないの。ノア様が私を助け出してくれないと、シロにデトックス料理を作ることもできな――」

『よぉしわかった行ってくる！』

食い気味で元気よくそう言ったシロに、顔が引きつりかけた。

いつでも食い意地の張っている神獣でよかった。いまだけは、シロのマイペースの基盤《きばん》となっているだろう、どこかの創造神に感謝したいと思った。

「あと、こんなときでも王妃《おうひ》が毒で狙《ねら》ってくる可能性もあるから、油断しないようにって伝えて！　もし危なかったらシロが助けてあげてよ？」

『はいはーい！　じゃあ行ってきまぁす』

再びシロは光の粒子となり、宙に溶《と》けて消えていった。

「本当に大丈夫かな……」

基本働きたくないナマケモノ神獣なので不安はあるが、信じて任せるしかない。

またひとりぼっちになってしまった牢の中を見渡《みわた》し、いま自分にできることは何か考える。広さは充分《じゅうぶん》にある。ヨガや軽い運動は可能だ。食事ももしかしたら、できる限り希望を叶《かな》えてもらえるかもしれない。野菜と果物、それから水を多めに頼んでみよう。

一度目の人生ではここで毒を盛られて死んだが、冷静になって考えるといまの私は【毒スキル】があるので、致死《ちし》量の毒を盛られても死ぬことはないのだ。毒の探知もできるし、まったく問題ない。前回はみすみす毒殺されたが、今回はそうはいかない。

胸元《むなもと》からノアにもらった指輪を取り出した。星空のような青い宝石を見ていると、ノアと見つめ合っているような気がして勇気が湧《わ》いてくる。

「ノア様……必ず、生きてまた会いましょう」

指輪を握りしめ、小さな鉄格子の窓に向かいそう決意したとき、背後の扉からノックの音が響《ひび》いた。


王太子宮に戻《もど》ったノアは、すぐにお付き侍女《じじょ》のマーシャを下がらせると、目の前のテーブルに両拳《りょうこぶし》を叩《たた》きつけた。

昂《たか》ぶる感情を抑《おさ》えられない。これほどの憤《いきどお》りを感じることがいままであっただろうか。

衛兵に連行されるオリヴィアの、絶望したような表情が頭から離《はな》れない。王太子としても婚約《こんやく》者としても何もできなかった、無力な自分が憎《にく》くて仕方ない。

学園で毒入りの紅茶を飲み倒《たお》れた聖女は、すぐさま王宮に運ばれ無事だった。飲んだ毒は少量で、王宮医が適切に処置しすぐに回復した。意識もはっきりしており会話も可能だ。

聖女と同席していた生徒から、聖女が飲んだのはオリヴィアから贈《おく》られた紅茶だと語られたために、その場にいもしなかったオリヴィアが拘束《こうそく》されてしまった。

国を救うとされている聖女を守るための措置《そち》だとしても、あまりに性急すぎる。侯爵令《こうしゃくれい》嬢《じょう》という身分を考えると、拘束前にオリヴィア自身にも聞き取りを行うのが当然のはずだが、ノアがそれを訴《うった》えても衛兵は聞く耳を持たなかった。

つまり、ノアよりも上の立場の人間が指示を出していると推察できる。

黒幕はわかりきっていた。王妃エレノア以外にいない。

「父上に助力を願おう。そのためにも聖女の証言は必須《ひっす》だが……」

聖女を動かすのは王宮医に止められてしまった。しかし聖女の完全回復を悠長《ゆうちょう》に待つわけにもいかない。いまこのときも、オリヴィアは投獄《とうごく》され恐ろしい思いをしているのだ。

一刻も早く助け出さなければ、とノアがまず味方の貴族たちを招集しようと決めたとき、突然《とつぜん》部屋の中央に光の粒子が集まり始めた。

「お前は、オリヴィアの……」

現れたのは、白く輝《かがや》く獣《けもの》だった。オリヴィアの契約《けいやく》している精霊だ。彼女が呼んでいた名前は確か、シロだったか。水の精霊フェンリルだというが、それにしては大型で、毛並みも真っ白という変わった個体だ。

「なぜお前がここに?」

『オリヴィアから伝言があって来たの』

「伝言……? なぜお前が牢《ろう》にいるオリヴィアから言伝《ことづて》を預かれるんだ? 彼女がいる古《こ》塔《とう》は、精霊召喚を封《ふう》じる魔法陣が敷かれているはずだぞ」

振《ふ》る舞《ま》いも精霊らしくないと度々《たびたび》感じていたが、まさか主が牢に入れられているときに現れるとは。

ノアの指摘《してき》に、シロはキョトンとした顔で首を傾《かし》げた。

『だって僕、精霊《せいれい》じゃないもん』

「精霊じゃ、ない……？　だったらお前は何なんだ？」

『僕はねぇ、創造神デミウルの使いの神獣《しんじゅう》なの。オリヴィアのことをちょ〜っと助けるために創《つく》られたんだぁ』

ノアは自分の思考が停止する感覚を、生まれてはじめて味わった。

創造神デミウルの使い？　神獣？

そんな存在、見たことも聞いたこともない。だが、目の前の白狼《はくろう》が精霊ではないということだけは大いに納得《なっとく》できた。こんな人間くさい精霊がいるはずなかったのだ。

では、仮にシロの話が本当だとして、神の使いである神獣を従えるオリヴィアは一体どういう存在なのだ？　もしかすると、聖女よりもっと尊い存在なのでは――。

『オリヴィアがね、私は無事だから落ち着いてーって』

シロの声に、ハッと我《われ》に返る。そうだ、いまはオリヴィアを救うのが優先だ。

「オリヴィアは無事なのか。怪我《けが》はしていないんだな？　泣いてはいなかったか？」

『泣いてはなかったけど、不安そうだったかなぁ。あとは、えーと、何だっけ？　あ、そうだ。ノアに油断しないでって言ってた。毒で狙われるかもしれないからーって』

「こんなときに僕の心配をするのか……」

オリヴィアのいじらしさと献身《けんしん》に、切なさと愛《いと》おしさが胸にあふれる。

それに比べて自分は、とノアは己《おのれ》の不甲斐《ふがい》なさを強く恥《は》じた。

『ねぇねぇ、オリヴィアのこと早く助けてあげて？　じゃないと、デトックス料理が食べられないんだよぅ』

神獣の言葉に、ノアはキッと顔を上げる。星空の瞳《ひとみ》は決意に満ち、強く輝いていた。

「彼女を早く助けたいなら、協力してくれるな？」

創造神の使いは『うーん。ちょっとだけなら』と渋々《しぶしぶ》といった風に答えたのだった。

なぜこの人がここに、と私は複雑な気持ちで目の前にいる男を見た。

ダークブロンドの髪《かみ》に若葉色の瞳。第二王子ギルバートは突然この古塔の牢に現れた。

「このような所に、一体何用で……」

「お前は嵌《は》められたんだ、オリヴィア」

真剣《しんけん》な顔でそう言い切ったギルバートを、訝《いぶか》しく思い距離《きょり》をとる。

「どういう意味です？」

「そのままの意味だ。お前は無実だろう。だが罪人にさせられた」

「まるでそうなるように仕向けた犯人を、ご存じかのように話すのですね」

ありえないだろうと思いながら言う。

なぜなら犯人は十中八九、ギルバートの実母である王妃なのだから。

だがギルバートは私の予想に反し「知っているさ」と、痛みを堪《こら》えるように呟《つぶや》いた。

「犯人の本当の狙いはお前じゃない」

「……本当に、ご存じなのですか」

母親の所業を知っていると、そう言うのか。

私は信じられない気持ちでギルバートを見つめた。一度目の人生で私が連行されるとき、彼が向けてきたのは蔑《さげす》む眼差《まなざ》しだ。だがいま彼が私に向けてくるのは悲しみと心苦しさで揺《ゆ》らいだ瞳であり、逆行前とはまったく違《ちが》う。

「だとしても、なぜギルバート殿下《でんか》がここにいらっしゃったのかわかりません」

「決まっている。無実のお前を助けるためだ」

「私を助ける……？　母君に逆らうおつもりで？」

「そうだ。俺に母上を止めることはできなかった。あの人は、心の底から兄上を憎んでいる。兄上を陥《おとし》いれるために、何の罪もないお前を利用するくらいには」

(王妃がノアを憎んでいる？　邪魔《じゃま》に思っているだけじゃなく？)

欲にまみれた王妃は、実の息子《むすこ》を王位につけ権力を握《にぎ》りたいだけなのだと思っていた。

確か乙女《おとめ》ゲーム【救国の聖女】では、そういう設定だったはずだ。

それとは別に個人的恨《うら》みがあるのだとしたら——前王妃《おうひ》の毒殺とも関係があるのだろうか。

「だが、お前だけは助けてやりたい。……俺の妃《きさき》になれ、オリヴィア」

「は……？」

「兄上との婚約を破棄《はき》し、俺の妃になればここから救い出してやれる」

まじまじと、ギルバートの顔を見た。冗談《じょうだん》を言っている様子ではない。

本気なのか、と意外な思いでかつての婚約者を見つめる。正直複雑な気分だ。逆行前は、私を婚約者として認めていないような扱《あつか》いをしていた男がいま、自分の妃になれと言っているのだから。

「……ありがとうございます、ギルバート殿下」

「オリヴィア、では」

「お気持ちだけ、受け取らせていただきます」

「……なぜだ、オリヴィア。このままでは処刑《しょけい》されてしまうかもしれないんだぞ」

苦しげに眉根《まゆね》を寄せるギルバートに、私は笑った。

「あなたの母君は、私が婚約者になることを絶対にお許しにはならないでしょう」

「それは——」

「ギルバート殿下がそこまでなさる必要はありません。私のことよりも、本物の聖女であるセレナ様を気にして差し上げてください。この国に必要な、大切な聖女様ですから」

ここまで言っても、ギルバートは納得できない顔で「だが、」と食い下がろうとした。

私はそれを首を振ることで止める。

「それに、私はノア様の婚約者《こんやく》でいたいのです。ギルバート殿下のお心遣《こころづか》いを無下にする形となってしまい、申し訳ございません」

深々と頭を下げる。しばらくギルバートの反応はなかったが、やがて「そうか」と力なく呟く声が降ってきた。そっと窺うと、傷ついた顔のギルバートが私を見ていた。

「お前の気持ちはわかった。……邪魔をしたな」

悲しげな微笑《ほほえ》みを残し、ギルバートは牢から去っていった。

なぜ彼があんな表情をするのか、私を助けようなどと思ったのか、理解できない。

奇妙《きみょう》な罪悪感に襲《おそ》われていると、突然宙に光の粒子《りゅうし》が集まり始めた。

「シロ！」

『オリヴィア～！　僕ちゃんとお仕事してるよ！』

現れたシロは、ノアからの手紙を預かってきていた。

シロの首にかけられていた筒状《つつじょう》の手紙を開くと、そこにはノアの筆跡《ひっせき》で『必ず助ける』と書いてあった。父・アーヴァイン侯爵《こうしゃく》と連絡《れんらく》をとり、救出を急ぐ、と。

「牢の中でデトックスは控《ひか》えるように――だって。ノア様ってば、私のことを何だと思ってるのかしら」

『デトックス教の熱烈《ねつれつ》な信奉者《しんぽう》？』

「……本当に思ってそうで嫌《いや》だわ」

シロと顔を見合わせ笑った。

きっと大丈夫《だいじょうぶ》。すぐに出られる。ノアの手紙でそう思えた私だったが――。

次の日の夕刻。扉《とびら》の向こうに人の立つ気配がし、新たな客人の来訪を告げる不吉《ふきつ》な兵士の声が響《ひび》いたのだった。


ギルバートに続き、またも想像していなかった人物の来訪に、私は動揺《どうよう》を隠《かく》せなかった。

「なぜ、あなたがここに……」

不快そうに顔を歪《ゆが》め現れたのは、継母《ままはは》・イライザだった。

牢《ろう》の中を無遠慮《ぶえんりょ》に見回しながら、ズカズカ上がりこんでくる。

「牢というからもっとひどい場所を想像していたのに、随分《ずいぶん》と住み心地《ごこち》が良さそうなところじゃない。さすが王太子の婚約者は扱いが違うわね」

一生ここにいたほうが幸せなんじゃない？　と嘲《あざけ》るように笑った継母。

いつも通りの感じの悪さだが、今日はなぜか凄《すご》みのようなものを感じた。背中を嫌な汗《あせ》が流れていく。

「何をしに来たのですか」

私が警戒《けいかい》しながら尋《たず》ねると、継母は冷え切った目を向け腕《うで》を組んだ。

「可愛《かわい》い義理の娘《むすめ》のために、いい話を持ってきてやったのよ」

「いい話……？」

「ここから出たい？　オリヴィア」

何を言い出すのかと、訝しげに継母を見る。

まさか私をここから出すつもりなのだろうか。王妃の手先として私をここにぶち込んだのは、十中八九継母だ。ジャネットを使い聖女に毒を盛り、私を犯人に仕立て上げたのだろう。私が毒を盛らなければ断罪されることはない、と考えていたが甘かった。

せっかく私を牢に入れたのに、わざわざまた出すことに何の意味があるのか。

「私の言うことを聞くのなら、ここからお前を出してあげるわ」

「……私に何をしろと？」

きっとろくでもないことに違《ちが》いない。それだけはわかる。

継母はにやりと笑い、声をひそめて言った。

「王太子を殺すのよ」

ざわりと肌《はだ》が粟立《あわだ》つ。

「王太子は用心深く隙《すき》がないのよ。これまで何度も暗殺に失敗しているようだしね」

やはりシナリオを本来の形に修正しようと、物語は動いているのだろう。

ノアは原作ゲームではシルエットどころか名前すら登場しない悲劇の王子だ。本当なら三年前に毒殺されていたところを、私が救った。その結果明らかにストーリーには変化が生じている。

毒殺を回避《かいひ》したあともノアは命の危機に晒《さら》され続けていた。まるで、ノアの生存を許せない何者かが存在しているかのように。

(この世界の基盤《きばん》である物語の、強制力ってやつなのかしらね)

だとすると、自分とノアが死ぬまで強制力は働き続けるのだろうか。

次にデミウルに会ったとき、確認《かくにん》すること(殴《なぐ》る回数)が増えたようだ。

「でも婚約者であるお前には隙のひとつくらい見せるでしょう?」

「婚約者である私に、暗殺の手伝いをしろと?」

「どうせ既《すで》に聖女毒殺未遂《みすい》の罪を負ってるんだから、もうひとつ罪が増えたところでたいした違いはないじゃない」

全然違うわ、と心の中でツッコミを入れながら、継母の背後にある扉を見る。

長時間の面会は許されていない。そろそろ兵が面会の終わりを告げに来るだろう。

「お断りします」

　一度目を閉じてから、ゆっくりとまぶたを持ち上げ継母を正面から見つめ言った。

「……何ですって？」

「お断りする、と言ったのです。殿下を暗殺など、そのようなことはできません」

「だとしたら、ここから永遠に出られないか、処刑されるかしかないのよ。それをわかって言っているの？」

「ええ、もちろん。たとえ私が言う通りにしたとしても、どうせ殺すつもりでしょう？」

　よくわかっています、と私が答えると、継母は怒《いか》りで顔を歪ませた。持っていた扇子《せんす》をバキリと折り、床《ゆか》に投げ捨てる。

「もう一度だけ聞くわ。よく考えて答えなさい。……王太子を、お前の手で殺すのよ」

「嫌です。絶対に」

　きっぱりと言いながら逆行前を思い出し、きっとこのあと食事に毒を盛られるのだろうなと考えた。たとえ毒を盛られなかったとしても、悪ければ死刑が待っている。毒殺も嫌だが、ギロチンも同じくらい嫌だ。苦しい思いも痛い思いもしたくない。

（大丈夫。ノア様とお父様が、きっと助けてくれる）

　だから毅然《きぜん》とした態度を貫《つらぬ》こう、と決意した私の目の前で、継母がぶるぶる震《ふる》え始めた。

「どうしてお前は言うことをきかないの……」

「お継母様《かあ》？」

「お前はわかってない……あの方に逆らうのがどういうことか、わかってないのよ……」

継母の様子がおかしいと思ったとき、彼女の背中からじわじわと何かが漏《も》れ出していることに気が付いた。黒い霧《きり》のようなそれは、虫のようにうごめきながら集まっていく。

「逆らうことは許されない……命令通りにしなければ死ぬの。お前も……私も！」

そう叫《さけ》び私を睨《にら》みつけた継母の目は血走っていた。いや、違う。瞳《ひとみ》が本当に真っ赤に染まっているのだ。

ハッとして継母の背後を見ると、黒い霧が人に近い形を作っていた。太く禍々《まがまが》しい角、大きな翼《つばさ》。

（そして血のように真っ赤な瞳は、魔族《まぞく》……！）

驚《おどろ》いて飛びのき、継母から距離《きょり》をとる。だが牢の中はそれほど広くはないし、逃《に》げ道もない。想像もしていなかった危機に、頭が真っ白になった。

（どうしてこんなところに魔族が？　しかも継母に取り憑《つ》いてるなんて）

魔族は魔物とは違い、理性――というより、知恵《ちえ》と人格のある存在だ。

精霊《せいれい》のように稀《まれ》に人間に力を貸すことがある。そのために契約《けいやく》をし、代償《だいしょう》を必要とするのも精霊と同じだが、違うのはその代償の内容だ。

精霊は契約者の魔力を代償とするが、魔族は生命力、つまり命を代償とする。上位魔族であれば対象は契約者本人に限らず、無関係の者の命も要求するらしい。

乙女《おとめ》ゲーム【救国の聖女】では、主人公セレナたちが戦う敵でもあった。

（その魔族がなぜ継母に――って、まさか王妃《おうひ》⁉）

そうだ、私は未プレイだが、物語の真の黒幕は王妃という設定なのだ。

王妃が魔族を操《あやつ》り、自分の駒《こま》である継母に魔族を取り憑かせた可能性がある。

「オリヴィア……私たちに協力しなさい！」

継母は明らかに普通《ふつう》の状態ではなくなっていた。魔族に体か意識を乗っ取られているのか、その顔は人のものとは思えないほど醜悪《しゅうあく》に歪んでいる。

「い、嫌《いや》です！」

「そう……なら、ここで死ね！」

魔族が継母の体を包みこみ、真っ黒で巨大《きょだい》な爪《つめ》をこちらに向けてきた。

同時に頭の中に激しい電子音が響く。それはこれまでとはまるで違う、明らかに危険を予期させるような警告音だった。


【魔族の爪（毒）：黒蟲霧《こくちゅうむ》（毒Lv.3）】

警告ウィンドウの内容を理解するよりも先に、黒い爪が私に襲《おそ》い掛《か》かってきた。

（ノア様――）

最後に感じたのは、全身が凍《こお》り付くような痛いほどの冷たさだった。

侯爵《こうしゃく》と合流するため王宮の回廊《かいろう》を進んでいたノアを、背後から呼び止める者がいた。
息を切らし駆《か》けてきたのは、オリヴィアにつけていた騎士《きし》のひとりだ。

「申し訳ありません、殿下《でんか》……！」

追い付くなり、その騎士は床に崩《くず》れ落ちるようにして平伏《へいふく》した。
尋常《じんじょう》ではない様子に嫌な予感がし、ノアは騎士の肩《かた》をつかむ。

「何があった？」

「オリヴィア侯爵令嬢《れいじょう》が――」

騎士は声を震わせこう言った。亡《な》くなられました、と。

絶望の色に染まった騎士の顔に、ノアはよろめく。

（オリヴィア――！）

古塔《ことう》のある北の空を見上げた次の瞬間《しゅんかん》には、騎士の制止の声も聞かず駆け出していた。
シロとともにノアが北の古塔に駆け付けたとき、ちょうど塔の扉《とびら》が開かれ中から人が出てくるところだった。白い外套《がいとう》に口元を布で隠《かく》した男たちが、何かを運び出している。

「あれは……」

『ノア！　あれオリヴィアだよぅ！』

長い板の上に、布でくるまれたものを乗せているのが見える。あれがオリヴィアの遺体だというのか。そんなはずはない。死んだなんて嘘《うそ》だ。

ノアは男たちの前に飛び出し「何をしている！」と叫んだ。

一瞬動揺《どうよう》を見せた男たちだが、中からひとりが歩み出て、慇懃《いんぎん》に頭を下げる。

「これはこれは、王太子殿下。このようなところに、供もつけず何用で――」

「そんなことはどうでもいい。僕は何をしているのかと聞いたんだ。答えよ」

「……牢《ろう》の中で囚人《しゅうじん》が死亡したので、遺体を運び出しているところです」

男の答えに、ノアは目を細めながら彼らを観察した。

囚人と言ったが、ここは王族やそれに準じる者が入る牢だ。中で異変があった場合、普通の囚人なら放置されるが、北の古塔の貴人なら王宮医の診察《しんさつ》がある。

「お前たちは医局の医員か」

「左様でございます。倒《たお》れた囚人を診《み》たところ死亡が確認されました。伝染《でんせん》する病の可能性があるため、速《すみ》やかに埋葬《まいそう》するよう指示が出ております」

だからさっさとそこを通せ、と男の本音がにじみ出ている。

「嘘だな」

「まさか嘘など……」

「遺体とやらを確認《かくにん》する。台を置き、全員そこから離《はな》れろ」

「……そういえば、この遺体は王太子殿下の婚約《こんやく》者様でしたねぇ」

男がにやりと笑った。まるでノアを挑発《ちょうはつ》するかのように。

「ですがいけません。医員として、殿下を感染の危機に晒すわけには――」

「それが嘘だと言っている」

ノアは男の腰《こし》の辺りを指さした。

「外套に隠れているが、剣《けん》を持っているな」

医員は帯剣しない、と指摘《してき》すると男たちの雰囲気《ふんいき》が変わった。ピリピリとした緊張感《きんちょうかん》が辺りを包む。

「王宮内で帯剣が許されているのは王族と騎士のみ。それ以外は反逆者か――暗殺者か」

男たちが一斉《いっせい》に外套の下の剣を抜《ぬ》いた。

「【ペガサス】!」

読んでいたノアは精霊を召喚《しょうかん》し、剣を振《ふ》り上げ切りかかってきた男たちに無数の雷《かみなり》を落とした。運よく避《よ》けた男には、シロが炎《ほのお》の渦《うず》を吐《は》き出す。

外套で炎を防ぎながら男が瞠目《どうもく》した。

「な、なぜフェンリルが火魔法を⁉」

『僕は精霊じゃないもんね～！』

休むことなく今度は火球の嵐《あらし》をお見舞《みま》いするが、ひとりだけ残った男がしぶとい。隙《すき》をみて逃げようとした男に、跳躍《ちょうやく》したノアが切りかかる。電撃《でんげき》を帯びた剣により、男は一瞬で地面に沈《しず》んだ。

『ねぇノア。み～んな倒しちゃってよかったの？』

「殺してはいない。色々話を聞き出さなければいけないからな」

剣を鞘《さや》に納め、ノアは男たちが運んでいた台に駆け寄った。

布を剝《は》がしていくと、現れたのは男の言っていた通り、ノアの愛《いと》しい婚約者の顔だった。

「オリヴィア……？」

真っ白で血の気のない顔に恐る恐る触《ふ》れる。

柔《やわ》らかで温かいはずの頰《ほお》は、日陰《ひかげ》の石のようにひんやりと冷たくなっていた。

「嘘だろう……？　目を開けてくれ、オリヴィア」

頰を両手で包み、懇願《こんがん》する。だがオリヴィアはピクリとも動かない。

布がずり落ちると、オリヴィアのドレスが赤黒く変色しているのがわかった。まるで何かに切り裂《さ》かれたようにドレスがズタズタになっている。

「絶対に守ると誓《ちか》ったのに……っ」

冷たいオリヴィアの体を抱《だ》きしめ「すまない」と声をしぼり出す。

あまりの自分の不甲斐《ふがい》なさに死にたくなったが、やらなければならないことがある。

「君の命を奪《うば》った奴《やつ》をすぐに見つけ出し、何倍もの苦しみを味わわせてから殺してやる」

『ええ？　どうやって？』

「まずは古塔内を確認し、残りの賊《ぞく》や目撃した生存者がいないか――」

『そうじゃなくて、そんなの捜《さが》したって見つかんないよぅ』

「なぜそんなことが言える⁉」

どうしてそんなに落ち着いていられるのか、と神獣《しんじゅう》を称《しょう》するシロを睨みつける。

お前はオリヴィアを助けるために存在するのではないのか。オリヴィアが死んで悲しくないのか。そう八つ当たりしかけたのだが――。

『そもそもオリヴィア死んでないし』

キョトンとした顔で言われ、ノアも思わずキョトンと見返してしまった。

「……死んで、ない？」

『うん。生きてるよぅ』

「だが、こんなに冷たくなって」

『それはねぇ、スキルで仮死状態に入ってるから』

スキル？　仮死状態？

どういうことかと詳《くわ》しく聞けば、オリヴィアは創造神デミウルに、彼女だけの特別な

【毒スキル】を与《あた》えられており、毒では死なない体なのだという。弱い毒ならダメージを受けもせず、強い毒でも仮死状態に入りその間に順応させるのだと。

三年前、ノアの代わりに毒入りの紅茶を飲み、無事だった真相がいま判明した。

「だが、三年前は毒を飲み倒れはしたが、こんな風にはならなかったぞ」

『そんなに強い毒じゃなくてすぐに状態が解除されたから、わからなかったんじゃない？』

「では今回は強い毒だったのか……」

死んではいない。そのことにほっとしたが、彼女が襲われているときに駆けつけられず恐《おそ》ろしい目に遭《あ》わせてしまった事実は変わらない。

自分で自分を殴《なぐ》りたい気持ちで、ノアはシロに「どうしたらいい？」と尋《たず》ねた。

「どうすれば仮死状態は解除される？」

『ほっといてもいつか解除されるけどぉ。回復魔法《まほう》でもかけたら早く解除されるかも？怪我《けが》もしてるみたいだから、そのまま解除されると血がブシャァってなりそうだしぃ』

「回復魔法か……」

王宮医の詰所《つめしょ》に運ぶか、と一瞬考えたノアだったが、それよりもいい方法があることに気づく。そのとき、オリヴィア急逝《きゅうせい》を知らせにきた騎士と部下たちが駆けつけてきた。

「王太子殿下！」

「これは一体……？」

倒れている男たちを見て、騎士たちがノアの無事を確認してくる。

「僕は大丈夫《だいじょうぶ》だ。この者たちは医員に扮《ふん》して古塔《ことう》に侵入《しんにゅう》し、アーヴァイン侯爵令嬢《こうしゃくれいじょう》を襲《おそ》い攫《さら》おうとしていた。全員拘束《こうそく》し、地下牢へ連れていけ。僕以外の面会を許すなよ。塔の中に残りの賊がいないか、兵は無事か確認を急いでくれ」

騎士たちに指示を出すと、ノアは動かないオリヴィアを抱き上げ王宮へと走りだした。

『どこに行くの？』

「王宮にいる聖女のところだ。癒《いや》しの女神《めがみ》の回復魔法なら、オリヴィアもすぐに目覚めるかもしれない」

『なるほどぉ。じゃあ僕の背中に乗って！　飛んだほうが早いよね！』

「いいのか？」

『オリヴィアが早く目を覚ましてくれないと、デトックス料理が食べられないもん』

僕お腹《なか》ぺこぺこなの、と悲しそうに言うシロに（神獣とは一体……）と若干《じゃっかん》あきれながら、ノアはオリヴィアを抱いたままその背中に飛び乗る。

『いっくよ～！』

ノアたちを乗せ、シロが空へと舞《ま》い上がる。

（すまない、オリヴィア。僕は君のことを誰《だれ》より知っているつもりで、何ひとつわかっていなかった。もう一度、温かな君を抱きしめたい）

もう絶対に離さない。

星空の瞳《ひとみ》に決意を乗せて、ノアは近づいてくる王宮を見据《みす》えるのだった。


ふと気づいたとき、私は温かな場所にいた。

朽《く》ちた教会の祭壇《さいだん》のようなそこには、天井《てんじょう》から優《やさ》しい光が降り注いでいる。

そして私の目の前には、髪《かみ》も肌《はだ》も雪のように白い神聖な雰囲気の少年。

「やあ、オリヴィア。久しぶり！」

ショタ神、もとい創造神デミウルの無邪気《むじゃき》な笑顔《えがお》を見た私の心は凪《な》いでいた。

ここに来た、ということは私はまだ死んでいないのか。継母《ままはは》に取り憑《つ》いていた魔族の攻《こう》撃《げき》を受けて死んだと思ったが、仮死状態に入ったのだろうと想像がついた。

「本当に久しぶりね。会いたかったわ」

「え？　ほんと？　そうかそうか。創造神である僕のことを恋《こい》しく――」

「とりあえず聞きたいことは山ほどあるけど、どうせまた時間だ、とか言って強制終了《しゅうりょう》されるんだろうから、ひとつだけ教えて」

私がピッと床《ゆか》を指すと、デミウルは逆らうことなく「はい」と正座する。

躾《しつ》けのできた犬のような反応は、食いしん坊《ぼう》な神獣を思い出させた。

「私やノアは、本当は死ぬ運命だった。そしていまでも命を狙《ねら》われ続けてる。それは物語に逆らったせいなの？　だったら私たちは元の筋書きに戻《もど》るまで――死ぬまで脅《おびや》かされなければいけないの？」

「そんなことはないよ？」

てっきり「そりゃそうだよ。仕方ないよね！」と悪びれなく言われると予想していた私は、ぽかんとデミウルを見下ろしてしまった。

「君たちが狙われているのは確かだけど、永遠じゃないよ。物語にハッピーエンドがあるように、君の世界にも終わりが来る」

「……終わりって、ゲームをクリアするってこと？」

「君が生きているのはゲームの中ではないよ。世界を救えばハッピーエンド。そして物語を終わらせるのはオリヴィア、君だ」

デミウルがそう笑ったとき、荘厳《そうごん》な鐘《かね》の音が響《ひび》き始めた。いつもの終わりの合図だ。

「ちょっと待って、意味が――」

「またね、オリヴィア。ハッピーエンドをその手でつかめ！」

ファイト、とばかりに拳《こぶし》を作ったデミウル。

（心底殴りたい……！）

しかしその願いは叶《かな》わず、突然《とつぜん》舞台《ぶたい》の幕が下りるように私の意識は途切《とぎ》れたのだった。

王宮のとある部屋のテラスにシロが降り立つ。シロの背から降りたノアは、仮死状態のオリヴィアの負担にならないよう、慎重《しんちょう》に抱《だ》きながら室内に踏《ふ》み入った。

「きゃっ⁉　な、何ですか⁉」

短い悲鳴がベッドから上がる。そこにいたのは聖女セレナだ。学園から王宮に運ばれたセレナは、ここで王宮医の治療《ちりょう》を受け保護されていた。

「お、王太子殿下《でんか》？」

「突然すまない。だが急を要する。どうか騒《さわ》がず話を聞いてほしい」

窓からの侵入者が王太子だとわかり、微《かす》かに警戒《けいかい》を解いたセレナは、ノアの腕《うで》に抱かれているオリヴィアに気づき目を見開いた。

「え……オリヴィア様、どうかされたんですか？」

「毒にやられた」

「毒⁉　オリヴィア様も毒を？　まさか亡《な》くなって――」

「いや。仮死状態にあるだけだ」

セレナはわけがわからないといった顔で「仮死？」と首を傾《かし》げる。

「セレナ嬢。オリヴィアに光の回復魔法をかけてくれないか」

「それは……」

「君に毒を盛ったのはオリヴィアじゃない。彼女は嵌《は》められたんだ」

だからどうか助けてほしい。

ノアが頭を下げると、セレナは慌《あわ》てたように「やめてください」とノアを止めた。

「あの……私も、オリヴィア様が犯人ではないと思います。直接渡《わた》されたわけじゃありませんし、タイミングも変だったし」

セレナは、オリヴィアから贈《おく》られた紅茶を飲んで倒《たお》れたとされている。

だが実際はオリヴィアではない別の女生徒が「オリヴィア様からの贈り物です」と渡してきたものらしい。

オリヴィアと贈り物をし合う関係ではなかったセレナだが、直前に軽い口論をしていたので、そのお詫《わ》びの意味があるのかもしれない、と特に疑うことなく受け取ったそうだ。

「よく考えると、お詫びにしてはあまりにも用意が早すぎました」

「その紅茶を渡してきた女生徒が誰だったか覚えているか？」

「それが、あまり覚えていなくて。同じクラスの方ではなかったと思うのですが」

「そうか……」

「あの、回復魔法をかければいいんですよね？　オリヴィア様は、それで助かるんですよね？」

セレナはベッドから降り、オリヴィアを代わりに寝《ね》かせるよう勧《すす》めてくれた。

ありがたくベッドにオリヴィアを降ろす。仮死状態の彼女は、指先ひとつ動かさない。

「ほ、本当に生きてらっしゃるんですよね？　血の気が全然ない……」

「強い毒にやられたようなんだ。協力してくれるか、セレナ嬢」

「もちろんです！　……私、オリヴィア様のこと、好きですから」

聖女はそう呟《つぶや》くと、契約精霊《けいやくせいれい》である癒しの女神パナケイアを呼び出した。宙に女神が現れると、光の回復魔法《まほう》をオリヴィアにかけ始める。

ノアは意外な気持ちで聖女の横顔を見た。オリヴィアと聖女には、同じクラスという以外にそれほど接点はなかったはずだ。それでなぜ好きだと言い切れるのかがわからない。

ノアの視線に気づいた聖女は苦笑いした。

「私、入学してすぐに浮《う》いていたじゃないですか。平民上がりだって。でもオリヴィア様は、そんな私に対しても親切にしてくれました。優しくて、おきれいで、気品があって、聖女というのも大いに納得《なっとく》というか、こんな素敵《すてき》な方が存在するのかと感動したくらいで」

聖女の言葉に、ノアは内心――だけではなく、しっかり表に出して頷《うなず》いた。

オリヴィアが完璧《かんぺき》な素晴らしい女性であることは事実だ。まさに聖女だとノアも確信していた。その思いこみで彼女を傷つけてしまったのだが。

ノアが自身の過《あやま》ちに顔を歪《ゆが》めるのと同時に、聖女も表情をくもらせた。

「だからオリヴィア様ではなく私が聖女だったと知って、ショックだったんです。どうして私なんかが――って。でも聖女だとわかって、私を避《さ》けていた人たちが優しくなって、みんな声をかけてくれるようになって私……喜びました。聖女だってことより、たくさんの人と仲良くなれたのが嬉《うれ》しくて。オリヴィア様は私のせいでつらい思いをされていたのに……。私って最悪です」

目に見えてしゅんとする聖女。その様子にノアは少しほっとした。聖女が偽《にせ》聖女と呼ばれるオリヴィアを受けつけないようなら、どうにかしなければと思っていたのだ。

最悪、聖女に王宮から距離《きょり》を置かせることも考えていたのは自分だけの秘密である。

「君がそこまで気に病《や》むことはない。オリヴィアは僕がこれから全力で幸せにするからな」

「それを聞いて安心しました！　私も親切にしてくださったオリヴィア様には、幸せになってもらいたいです。それとできれば……仲良くなりたい。だから――」

聖女の手から放たれる光の強さが増す。

「全力でオリヴィア様をお助けします！　ただ……私、回復魔法をまだ使ったことがなかったので、正直自信はないんですけど」

「回復魔法を使ったことがない？　癒《いや》しの女神《めがみ》パナケイアと契約したのに？」

聖女は申し訳なさそうに「すみません」と呟く。

「魔法の行使の授業がまだだったので……」

だとしても、契約ができたらひとりで魔法を試《ため》してみるものではないのか。

ノアは契約したその日に魔法を色々試し、自分が使用可能な種類と数の把握《はあく》をした。

唖然《あぜん》としてしまったノアだが、彼女が平民出身であることを思い出し、仕方ないと強引《ごういん》に納得する。平民は魔力の制御《せいぎょ》も学ぶことはないし、ノアのように力がなければすぐに命を落とすような危険な環境《かんきょう》にもいないのだから。

「君は聖女だろう。自信を持て」

「そんな、なったばかりなのに自信を持てと言われても……」

「では、精霊を信じろ。癒しの女神が君に力を貸してくれる」

聖女が自分に寄りそう女神と目を合わせる。

女神は何も言わなかったが、意思の疎通《そつう》は叶《かな》ったようで、聖女は力強く頷いた。

「パナケイア、力を貸して！」

聖女の声に応《こた》えるように、パナケイアが豊かな髪《かみ》を大きく広げ、部屋全体を包むほどの強い光を放った。


なんだかとても暖かい。まるで春の陽《ひ》だまりに包まれているかのようだ。

「ん……」

天国にでも来てしまったのだろうか、と重いまぶたを持ち上げると、そこには見慣れない天井《てんじょう》があった。


【仮死状態を解除しました】

【毒の無効化に成功しました】

【経験値を250獲得《かくとく》しました】

【能力《スキル》がアップしました】

【階級《ランク》がアップしました】


（う、うるさっ）

目覚めと同時に鳴り響《ひび》く連続した電子音に、思わず目をつむり耳をふさいだとき、

「オリ――」

『オリヴィア～～～!!』

「うぐっ」

突然《とつぜん》、腹の上に芋《いも》の入った麻袋《あさぶくろ》でも落とされたかのような衝撃《しょうげき》があり、呻《うめ》いた。

「一体何……」

『目が覚めて良かったよ～！　僕のほうがお腹《なか》ぺこぺこで死んじゃうよ～ぅ！』

どうやら芋の袋による攻撃《こうげき》ではなく、食いしん坊《ぼう》な神獣《しんじゅう》が飛びかかってきたらしい。ブンブン尻尾《しっぽ》を振《ふ》りながらつぶらな瞳《ひとみ》で空腹を訴《うった》えてくる。

「し、シロ？　いつの間に牢《ろう》に戻《もど》って……って、ここ、どこ？」

明らかに薄暗《うすぐら》い古塔《ことう》ではない室内に視線を巡《めぐ》らせると、私が横になっているベッドのそばに、ありえない人物が立っていた。

「え……ノア様？」

「オリヴィア」

「これは、夢ですか？」

ノアはなぜか泣きそうな顔で笑うと「夢ではないよ」と私を抱《だ》きしめた。

「本当に、君は僕を驚《おどろ》かせる天才だ……」

「ノア様？　本当にどうしたんで――あっ」

しっかりと抱きしめてくるノアの肩越《かたご》しに、顔を赤くしている聖女セレナを見つけて我《われ》に返った。慌《あわ》ててノアの体を押しのけ、状況《じょうきょう》を把握しようとあちこちに視線を巡らせる。

ここは北の古塔の牢ではない。美しく整えられた室内には微《かす》かに見覚えがある。逆行前に見た貴賓《きひん》室だろうか。

「私は一体……？」

「覚えていないのか？　君が亡《な》くなったというバカげた報告を受けて北の塔に駆《か》け付ける

と、君を外に運び出す男たちと出くわしたんだ」

「あ……！　そういえば私、継母《ままはは》に襲《おそ》われたんでした！」

「何!?」

「あら？　でも傷が……」

魔族の毒爪《どくづめ》で体を切り裂《さ》かれたと思ったのに、痛みがまるでない。だが体を確認《かくにん》すると服はしっかり破れている。

ノアが傷はセレナが光の回復魔法で治したと説明してくれた。聖女にお礼を言うと、ひどく恐縮《きょうしゅく》されてしまう。

「パナケイアが力を貸してくれただけで、私は何も」

「聖女様、お顔の色が……」

「あはは……実はちょっと、フラフラします」

聖女も毒を盛られ回復したばかりなのに、無理をして私を治してくれたのだろう。

さすが主人公、なんて慈愛《じあい》に満ちた子だろうか。

それにしても、私は毒は無効化できても物理攻撃はそうはいかないはずだ。現に傷を負ったようなのに生きているのは、仮死状態に入ったからか。

(死ぬ前に耐性《たいせい》以上の毒で仮死状態に入ったから無事だった？　だとしたらラッキーにもほどがあるでしょ)

逆に、魔族《まぞく》の爪に毒の効果がなければ私は即死《そくし》だったかもしれない。

想像するとゾッとした。震《ふる》える私に気づき、ノアが再び抱きしめてくる。

「恐《こわ》い思いをさせてすまなかった。もう傍《そば》を離《はな》れないから」

ノアは私の首からペンダントを外した。なぜ首にかけていると気づいたのか、と思っているうちに、ペンダントトップにしていた指輪を外し、私の手をとる。

「もう一度言わせてくれ。オリヴィア……僕と生涯《しょうがい》をともにしてくれないか。君を守るのも幸せにするのも、僕でありたい。君を愛しているんだ」

「……はい。はい、ノア様」

私もお慕《した》いしております、と微笑《ほほえ》むと同時に指輪がしっかりと指におさまり、ノアも幸せそうな笑顔《えがお》を見せてくれた。そして次の瞬間《しゅんかん》には熱烈《ねつれつ》な口づけに襲われていた。

逆行前も含《ふく》めてはじめての口づけは、とびきり甘く柔《やわ》らかかった。その心地《ここち》好《よ》さにうっとりと酔《よ》いしれる。

ベッドに押し倒《たお》される勢いのそれに驚きつつも、拒《こば》む理由もない――と目を閉じかけたが、視界の端《はし》に興味津々《きょうみしんしん》といった顔のシロと聖女が映り我に返った。

「んん……の、ノア様！　聖女様とシロが見てますよ！」

「ん……？　何だ、まだいたのか」

「ここ、私が寝《ね》てた部屋なんですが……いえ、何でもないです。私たちのことは気にせず、どうぞ続けてください！　遠慮《えんりょ》なく！」

『オリヴィア良かったねぇ。でもその求愛行為《こうい》が終わったら、ちゃあんと僕にデトックス料理作ってね？』

聖女とシロにそんな風に言われても続けられるほど、太い神経は持ち合わせていない。

私がお願いすると、ノアは渋々《しぶしぶ》といった様子で止めてくれた。

「まあ、これからいくらでもふたりきりになる時間はあるか。いっそ警護も兼《か》ねて、婚約《こんやく》式までオリヴィアをどこかに閉じ込めるという手も――」

「の、ノア様！　それより大変なんです！」

何やら不穏《ふおん》なことを呟《つぶや》き始めたノアを止め、牢に現れたのは継母《ままはは》だが、直接攻撃してきたのは魔族だと説明した。

「魔族だと？　侯爵《こうしゃく》夫人が魔族と契約《けいやく》していると？」

「いいえ。継母は魔族に取り憑《つ》かれているようでした。魔族が姿を現したとき、継母は正気を失っていたのです」

私を攻撃したあと、魔族と継母がどうなったのか、仮死状態に入っていた私は知らない。

継母を捜《さが》さなければと言おうとしたとき、前触《まえぶ》れなく何かが爆発《ばくはつ》するような音と衝撃が私たちを襲った。

「な、何事でしょう？」

すぐさま私を抱きしめ守ってくれたノアに尋《たず》ねる。嫌《いや》な予感がした。

全員でバルコニーに出て外を確認すると、王宮の一角が崩《くず》れ、土煙《つちけむり》が上がっていた。驚く私たちの眼下に、騎士《きし》や文官が次々と集まってくるのが見えた。群衆の中に見覚えのあるシルエットを見つけ思わず叫《さけ》ぶ。

「ジャネット⁉」

「誰《だれ》だ？」

「義理の妹です。継母と一緒《いっしょ》に王宮に来ていたのね。でも継母の姿がありません」

「そうか。だが娘《むすめ》は何か事情を知っているかもしれないな。保護の名目で拘束《こうそく》を――」

「あ！　あれを見てください！」

聖女が指さす方向を見ると、崩れた壁《かべ》から何者かが姿を現した。

「あれは……！」

太く禍々《まがまが》しい角、大きな黒い翼《つばさ》。そして血のように真っ赤な瞳。獣《けもの》のような手足に鋭《するど》い爪をつけたその姿は、継母に取り憑いていた魔族だった。しかも体には布切れがぶら下がっている。まるで貴族女性服の残骸《ざんがい》のようなそれは――。

（継母のドレス！）

導き出された恐《おそ》ろしい答えに、私は言葉を失い後ろによろめいた。

「どうしたオリヴィア⁉」

すぐさま私を支えてくれた、ノアの腕《うで》にすがる。ガタガタと体が震えるのを止められない。

「の、ノア様……あの魔族は、継母です」

「何だって？」

「継母は、魔族に体を乗っ取られたんです！」

魔族は精霊《せいれい》と同じく、実体を持たない。だが実体を持つ方法がひとつだけある。それが対象の体を乗っ取ることなのだ。

乙女《おとめ》ゲーム【救国の聖女】では、魔族に乗っ取られた者は体ごと精神を飲みこまれてしまう。魔族を払《はら》うことができなければ、払うことができても遅《おそ》くなれば、乗っ取られた者に待つのは――死のみなのである。

ノアたちと外に出ると、王宮は大混乱に陥《おちい》っていた。継母の体を乗っ取った魔族が爪の攻撃《こうげき》で毒をまき散らし、騎士が次々と倒れ、貴族たちが逃《に》げまどっている。

「騎士たちよ！　隊列を組み直し奴《やつ》を囲め！」

「王太子殿下《でんか》!?」

「ここは危険です！　すぐに避難《ひなん》を――」

「いいから目の前の敵に集中しろ！　これ以上被害《ひがい》を広げるな！」

ノアの指示に、バラバラになっていた騎士たちが集まってくる。

さすが未来の国王だと感心しながら、私は倒れている騎士に駆《か》け寄った。幸いまだ息がある。

「シロ！　倒れている人たちの傷口を洗って！」

『えぇぇ～？　何で僕がそんなこと……』

「つべこべ言わない！　聖女様は回復魔法を！」

「は、はい！　喜んで！」

やる気のない神獣《しんじゅう》と従順すぎる聖女に指示を飛ばしていると「お母様ぁっ！」と叫ぶ声が聞こえてきた。顔をそちらに向ければ、ジャネットが涙《なみだ》を流しながら宙を羽ばたく魔族を仰《あお》ぎ泣き叫んでいる。

あんな所にいては危険だと思ったとき、ジャネットに駆け寄る騎士の姿があった。

（あれは、お父様……!?）

魔族が天に向かって咆哮《ほうこう》した直後、大きく鋭い爪を振《ふ》りかざす。

「お父様、危ない！」

継母の体を乗っ取った異形の魔族の爪が、真下にいる父と義妹《ぎまい》に襲《おそ》いかかる。

ここからでは走っても間に合わない。私は咄嗟《とっさ》に叫んでいた。

「シロ、お願い！」

『言うと思った～！』

わかったよもう！　と前に飛び出したシロが前脚《まえあし》をダンッと強く地面につくと、一瞬で地割れが起き、父たちの目の前に巨大《きょだい》な土壁が出現した。

土壁は毒の爪《つめ》の攻撃を防いだが、耐《た》え切れずガラガラと崩れていく。

「お父様！」

「オリヴィア!?　ジャネットを連れて逃げてください！」

「いいから、ジャネットを連れて逃げてください！」

騎士団長の父であっても、ジャネットを守りながらではまともに戦えないだろう。

父もそう判断したようで、うずくまるジャネットを担《かつ》ぎ王宮の建物内へと駆けていく。

その背中にほっとしたとき、再び異形の魔族が不快な声で咆哮した。ビリビリと夜の空気が揺《ゆ》れる。次の瞬間、魔族の赤い瞳《ひとみ》が私を捉《とら》えた。

ぞわぞわと悪寒《おかん》に襲われ動けなくなる私に向かって一気に急降下してくる。

『オリヴィア！』

頼《たの》まれても文句ばかりでなかなか動かないシロが、何も指示をしていないのに異形の魔族の首に噛《か》みついた。だが魔族の勢いは止まらない。巨大な爪がまた私に襲いかかる。

目をつむりその衝撃《しょうげき》に耐えようとした私だが、ガキン！　と金属のぶつかる音がしてハッと顔を上げる。

「ノア様……!?」

目の前にノアの背中があった。彼は剣《けん》で異形の魔族《まぞく》の爪を受けとめていた。そのまま剣で振り払うと、魔族がバチバチと走る電撃に怯《ひる》んだように飛びのく。だがノアは追撃し雷《かみなり》の剣を異形の魔族に突《つ》き刺《さ》すと、とどめに天の鉄槌《てっつい》のような雷を落とした。

異形の魔族が凄《すさ》まじい光にのまれながら断末魔を上げ、やがて閃光《せんこう》が収束していくとともに異形も消滅《しょうめつ》していた。庭園に残ったのは焼け焦《こ》げた地面だけ。

継母の体ごと、異形の魔族は跡形《あとかた》もなく消え去ったのだ。

歓声《かんせい》が上がる。騎士たちのノアを褒《ほ》めたたえる声が響《ひび》き渡《わた》ったが、彼は聞こえていないかのように私を振り返った。

「オリヴィア、怪我《けが》はないか!?」

「わ、私は大丈夫《だいじょうぶ》です。ノア様が守ってくれたから」

「そうか。良かった……」

突然《とつぜん》ガクリとその場に膝《ひざ》をついたノアを、慌《あわ》てて支える。

ノアの手から剣が音を立ててこぼれ落ちた。急激に顔色が悪くなり、呼吸が荒《あら》くなっていくノア。

「どうしたんです、ノアさ――」

汗《あせ》の浮《う》かぶ彼の額に手を当てたとき、頭の中に電子音が響いた。

【ノア・アーサー・イグバーン】
性別：男　年齢《ねんれい》：16
状態：急性中毒（黒蟲霧：毒Lv．3）

ノアの体を確認《かくにん》すると、確かに右の袖《そで》が裂《さ》かれ血が流れていた。傷から魔族の毒が入ってしまったのだ。

「どうして！　私は毒では死なないのにっ」

「それでも……君を二度と、傷つけたくなかっ……」

「ノア様！」

レベルの高い毒は急激に全身に広がっていくのか、もうノアは言葉を発することもできない状態になっていた。手足が震《ふる》え出し、目も虚《うつ》ろになっていく。

「シロ……！」

助けを求めようとしたが、シロは魔族がこちらに向かってくるのを防ごうと様々な魔法を繰《く》り出し応戦していたせいか、力尽《ちからつ》きたように地面に伏《ふ》していた。

他《ほか》に誰かいないか。医員が残っていないか見回したが、いるのは騎士たちばかりで、皆《みな》重傷を負っている。

「誰《だれ》か……誰か助けて！　ノア様が！」

「お、オリヴィア様……！」

背後から声がして振り向くと、聖女セレナがフラフラとした足取りでこちらに向かってくるところだった。

「良かった！　ノア様が魔族に……！　聖女様、どうか回復魔法をお願いします！」

「はい……やってみま、す……っ」

ノアに手をかざした聖女だったが、弱々しい光が一瞬《いっしゅん》出ただけですぐに消えてしまう。

「聖女様？」

「す、すみません……魔力切れ、みたいです」

申し訳なさそうに言うと、聖女も地面に崩《くず》れるように倒《たお》れてしまった。

（そんな、嘘《うそ》でしょ……どうしたらいいの）

私に回復魔法は使えない。シロの力で傷口を洗うこともできない。

ノアは活性炭を持ち歩いているはずだが、あれは消化器官に入った毒を吸収するものだ。傷口から入った毒には使うことができない。

何が毒スキルだ。こんなとき、何の役にも立たないなんて。

他に何か、毒を受けたときの対処法はなかったか。前世ではどんな風に対応を――。

（そうだ、いちばん古典的な方法を忘れてた！）

私はドレスを引き裂き、それを包帯にしてノアの腕《うで》を強く縛《しば》った。

毒蛇《どくへび》などに嚙まれた場合、傷口より心臓に近い場所を縛る、水で洗う他に、傷口から毒を吸い出すという方法がある。

迷うことなく、いまだ血の流れているノアの腕の傷に吸い付いた。思い切り吸い上げると、芳醇《ほうじゅん》な果実酒のような味が口いっぱいに広がる。

（これがレベル3の毒の味……！）

それは天上にも昇《のぼ》るような極上《ごくじょう》の味だった。毒の混じったノアの血だというのに、思わずそのまま飲みこんでしまいたくなるほど。

理性を総動員し口の中のそれを吐《は》き出そうとしたとき、予想もしていなかった電子音が鳴り響いた。

【毒を吸収します】

（え――？）

ノアの体が強く輝《かがや》く。傷口から一気に極上の味が私の中に流れこんでくる。

どうすることもできず、私はそのまま受け入れるしかない。過ぎた美味は快楽になるのか、私はその感覚に幸せな心地《ここち》になった。

毒の味に酩酊《めいてい》したようになり、ようやくノアの傷から口を離《はな》した。光が収束すると、顔色が回復し呼吸も正常になったノアがそこにいた。

【毒の吸収に成功しました】

【経験値を200獲得《かくとく》しました】

（ど、毒の吸収って……なに――!?）

まさかノアの体内の毒を私が吸収したというのだろうか。自分の体内に入ったときは無効化に失敗して仮死状態になったのに、吸収は成功するとは一体どういう理屈《りくつ》だ。しかも他者の毒を解毒《げどく》できるならまだしも吸収するとは。

（何だか私、どんどん人外じみてきてない……？）

毒に酔《よ》った頭ではうまく事態が飲みこめずにいると、ノアの呻《うめ》き声が聞こえハッとした。長いまつ毛が震え、星空の瞳がゆっくりと現れる。

「オリヴィア……？」

「ノア様！」

意識を取り戻《もど》したノアが体を起こそうとするので、しっかりと支える。

「ノア様、大丈夫ですか？　気分は？　痛みやしびれはありませんか？」

伸《の》びてきた手に抱《だ》き寄せられ、ノアの胸の中に閉じこめられた。

ドクンドクンと、規則正しい鼓動《こどう》に肩《かた》から力が抜《ぬ》ける。

ノアが生きている。助けることができた。その事実に泣きたくなるほど安堵《あんど》した。

「オリヴィア。君は僕だけの聖女……いや、言わば神子《みこ》だ。神に愛され、祝福された神子」

「ノア様、それは……」

「愛してる」

口づけされそうになり、私は慌てて彼の唇《くちびる》を手で覆《おお》った。

不満そうな顔をされたので「吸い出した毒がまだ口に残ってるかもしれませんから」と言い訳する。周りには騎士《きし》や貴族たちが集まってきているのだ。そんな中でキスシーンなどとんでもないと思っていると、どこからか「神子……」という呟《つぶや》きが聞こえてきた。

「また王太子殿下《でんか》を毒からお救いになったのか」

「先ほど侯爵令嬢《こうしゃくれいじょう》の精霊《せいれい》が、土魔法だけでなく火や水魔法も繰り出すのを見たぞ」

「精霊フェンリルではなく、神の使いか何かなのか？」

「オリヴィア侯爵令嬢は、聖女ではなく神子だったんだ！」

ざわめきが広がっていき、やがてそれは「神子様万歳《ばんざい》！」という大合唱となり、王宮の外まで届きそうな勢いだった。

なぜこうなった。どうして皆、そっとしておいてくれない。

「や、やめて。私は神子なんて立派なものじゃ……」

「諦《あきら》めろ、オリヴィア。君は神の加護を受け、神獣《しんじゅう》を従える立派な神子だ」

「ノア様。でも私は本当にそのような神聖なものではなく、どちらかというと悪役で」

ノアの指が、言い訳を重ねようとした私の唇を止めた。

「聖女ではなく、君はさらに尊い神子だった。ということは――これで〝聖女には及《およ》ばないから〟という理由で僕との婚約《こんやく》を破棄《はき》する必要はなくなったな？」

そう言ったノアの微笑《ほほえ》みに、逆らえない何かの圧を感じたのは気のせいだろうか。

たじたじとなっていると、復活したらしいシロがすり寄ってきて『確かにそうだよねぇ』と人間くさく頷《うなず》いた。

『神獣を従えてるのも、神様の加護（憐《あわ》れみ）を受けてるのも、間違《まちが》いないもんねぇ』

ひとりと一匹《ぴき》にしみじみ「神子と呼ぶ以外ない」と言われ目眩《めまい》がした。握《にぎ》りしめた両手がぶるぶる震える。私は慎《つつ》ましく平穏《へいおん》に暮らし、細く長く生きたいだけなのに、なぜこんなことになってしまうのだろう。

聖女の次は神子？　こんな風に騒《さわ》がれてしまえば、ますます王妃《おうひ》に目をつけられてしまうではないか。

（っていうか、私は神子じゃなく悪役令嬢なんですけど――）

自分の額を押さえて天を仰《あお》いだ瞬間、頭の中に電子音が響《ひび》いた。

【オリヴィア・ベル・アーヴァイン】
性別：女　年齢《ねんれい》：16
状態：毒酩酊　職業：侯爵令嬢・毒遣い　new！・神子　new！
…………………

《創造神の加護（憐れみ）》
毒スキル
・毒耐性《たいせい》Lv．2　new！
・毒吸収Lv．1　new！

（な――なん……っじゃ、そら……！）
あまりにもツッコミどころの多すぎる自分のステータス画面に思考がパンクした私は、そのまま大勢の目の前で卒倒《そっとう》してしまったのだった。

第七章

騒動《そうどう》から約二週間が経《た》った。

「あー……なんて平和なの」

侯爵邸《てい》の緑の間で、私はヨガの『ねじった三日月のポーズ』をしながらしみじみ呟いた。

このポーズは体を大きくねじるので内臓に効き、働きを活性化できる。下半身の筋肉も使うので、血行促進《そくしん》効果もあるデトックスポーズだ。

無事に無罪放免《ほうめん》となった私は、休養という名の優雅《ゆうが》なデトックスライフを送っている。

「私の心は全然平和じゃありませんけどね。これ以上新たな悪魔《あくま》崇拝儀《すうはいぎ》式《しき》の形を増やさないでほしいです」

せっせと枕元《まくらもと》に増えたデミウル像たちを磨《みが》きながら、アンが文句をつけてきた。

何度悪魔崇拝ではないと言っても聞く耳を持たない。この国の人たちは、創造神デミウルに敬虔《けいけん》すぎると思う。あんな究極マイペースショタ神なのに面白《おもしろ》くない。

「それでなくても、お嬢様は王宮で恐《おそ》ろしい目に遭《あ》われたんですよ？　投獄《とうごく》されたうえ魔族に襲撃《しゅうげき》されたと聞いたとき、私がどんな気持ちになったかわかります!?　お願いですからおとなしくしていてくださいっ」

「えー。もう、わかったわよ」

仕方なく切り上げ、着替《きが》えてアンの淹《い》れてくれたデトックスティーを飲んでいると、部屋に父・アーヴァイン侯爵が訪ねてきた。

「体調はどうだ、オリヴィア」

「もうすっかり元気です。お父様こそ、具合の悪いところはありませんか？」

実は騒動のあと、父も慢性《まんせい》中毒状態にあることが判明したのだ。

普段《ふだん》から騎士団の訓練等で鍛《きた》えているので、ひどい症状《しょうじょう》は現れていなかったようだが、慢性的な頭痛や倦怠感《けんたいかん》にひそかに悩《なや》まされていたらしい。

ノアと同じように、父も長年毒を盛られ続けていたのだとわかり、私は自分が毒で狙《ねら》われたときより強い怒《いか》りを感じた。実際父に毒を盛っていただろう継母《ままはは》はもういないので、怒りをぶつける先がないのがまた腹立たしい。

そういうわけで、父も私と一緒《いっしょ》に休養をとっている。デトックスティーや料理を父にも勧《すす》め、シロが作ってくれた離《はな》れの温泉にも案内した。私の持つデトックスの知識に、父は「お前がここまで苦労していたことにも気づかず私は……っ」と激しく後悔《こうかい》していたが、過ぎたことだ。私は父と一緒にデトックスができて、いまとても楽しいのだ。

降ってわいた父娘《おやこ》水入らずの時間は、私にとってご褒美《ほうび》となっていた。

「お前のおかげで、私ももう健康だ。実は客が来ているのだが、オリヴィアは動けるか？」

「問題ありません。それで、お客様とは？」

「王太子殿下だ」

「えっ」

若干《じやっかん》嫌《いや》そうな顔で言った父に、ギョッとしてしまう。王族の訪問など一大事ではないか。こんなのんびりデトックスティーを飲んでいる場合ではない。急いで準備をしなければ。

「急ぐ必要はない」

「ええ……？　ですが」

「待たせておけばいいのだ。まったく、時期が来たらこちらから王宮に上がると言っているのに……」

何やらブツブツと仏頂面《ぶっちょうづら》で言っている父を部屋から追い出し、素早《すばや》くドレスに着替えノアの待つ応接室に移動する。

するとそこで待っていたのは、両腕《りょううで》いっぱいの花束を抱《かか》えた麗《うるわ》しの王子だった。

「ああ、オリヴィア！　やっと会えた。体の調子はどう？　顔色はいいね」

花束が霞《かす》むほどの華《はな》やかな笑顔《えがお》。その眩《まぶ》しさに目がつぶれるかと思った。

「の、ノア様もご健勝のこと……」

「堅苦《かたくる》しい挨拶《あいさつ》は僕らの間で必要ないよ。ほら、もっとよく顔を見せて。なんてことだ。

数日会わずにいたら僕の婚約者がますます美しくなっているじゃないか」

「わ、わかりました。とりあえず座りましょう。ね？」

そうしないと、横で見ている氷の侯爵《こうしゃく》こと我が父が、いまにも剣《けん》を抜《ぬ》きそうだ。

「今日は君の顔を見に来たのもあるが、婚約の儀の日取りを知らせようと思ってね」

少し拗《す》ねたような表情でノアは言った。私が父の隣《となり》に腰《こし》かけたのが不満なようだ。だが実父の前でイチャイチャするのはさすがに恥《は》ずかしいので我慢《がまん》してもらいたい。

「正式に決定したのですか」

「ああ。これで侯爵も、僕がもっとオリヴィアに会いに来るのを許してくれるな？」

むっつりとした父の横顔を見て、まさかノアの訪問を拒《こば》んでいたのかと驚《おどろ》く。

手紙は毎日届いていたがノアが顔を見せないのは、魔族襲撃騒動の事後処理が大変だからだとばかり思っていた。

私はドレスをぎゅっと握り締《し》め、意を決しずっと気がかりだったことを尋《たず》ねた。

「ノア様……。本当に、私と正式に婚約してよろしいのですか？」

「何を言うんだオリヴィア」

そう言って私を見るノアの瞳《ひとみ》は、怒《おこ》っているような悲しんでいるような色をしていた。

私以外の婚約者などありえない、と彼は態度で示してくれる。それが嬉《うれ》しいのに、同時にとても心苦しいのだ。

私がノアを救ったから、彼は私を婚約者《こんやく》にと考えた。それは義務感ではないかもしれないが、刷り込みのような効果はあったに違《ちが》いない。そう考えると申し訳なくなる。

「私は毒スキルなどという、怪《あや》しげなスキルを持っているのですよ？　しかもそれを秘密にしていました。殿下《でんか》にも、家族にも、誰《だれ》にも言わずに私は……」

「オリヴィア。私はお前が何か私の知らない力を得たことには薄々《うすうす》気づいていたぞ」

父がそう言って私の肩《かた》を抱《だ》くので驚いて隣を見上げてしまう。

「お父様……どうして」

「お前には元々加護がなかった。魔力はあっても、それを行使する適性がなかったのだ。それなのに突然《とつぜん》フェンリルと契約《けいやく》したというのだから、何かあると思うのは当然だろう」

「やはり、お父様はご存知だったのですね」

悪役令嬢《れいじょう》オリヴィアは何の加護もなく、精霊《せいれい》と契約もできず魔法が使えない。そんな私は逆行前、能無し令嬢などと陰《かげ》で言われていた。父も私を家門の恥《はじ》だと思っていたはずだ。

――いまとなってはわからないことだが。

「気にすることはないよ、オリヴィア。君はいま、創造神の加護という最上級の加護を受けているじゃないか」

（正確には、創造神の加護（憐《あわ》れみ）ですけどね……）

「それに五大属性の魔法を使える神獣《しんじゅう》を従えている」

（従えてるというか、餌付《えづ》けしてるだけというか……）

「毒スキルという響《ひび》きが気になるかもしれないが、実際は誰かを害するものではなく、逆に君自身や僕を助けた素晴《すば》らしい力だ。誇《ほこ》りこそすれ恥じることなど何もない」

（今後どんな能力が解放されるか不明だし、レベルアップのために毒を食べなきゃいけないのはとても自慢できるようなことじゃないやつ……）

ノアの言葉につい真顔になってしまう。やはり私はふさわしくないのでは、と考えたとき、ノアが眩《まばゆ》いばかりの笑顔でこう言った。

「何より、僕ら以上に似合いのふたりがいるだろうか」

「う……っ！」

王子の輝《かがや》きを発するノアに、私は何も言えない。

もう私の負けだ。降参だ。だいたい、ノアを好きになってしまった時点で結果は決まっていた。好きな相手に恋《こ》われて、嬉しくないはずがないのだから。

「ノア様には敵《かな》いません……」

「はは！　それは僕のセリフだな。僕は永遠に君には勝てない。喜んで愛の下僕になろう」

「もう、何を言って――」

不意に隣から咳《せき》ばらいがあり、ハッとした。

そうだ、父が真横にいるのだ。危《あや》うくイチャイチャしてしまうところだった。

内心汗《あせ》を拭《ぬぐ》っていると、私の肩をつかむ父の手に力がこもった。

「ところで殿下。ジャネットは……義理の娘《むすめ》はどうなりましたか」

（ジャネット……）

父の口から出てきた名前に体が緊張《きんちょう》した。

王宮での騒動《そうどう》のあと、ジャネットは騎士《きし》団に拘束《こうそく》され聴取《ちょうしゅ》を受けていた。

継母のイライザは魔族《まぞく》とともに消滅《しょうめつ》したが、公《おおやけ》には魔族と契約し殺されたことになっている。狙いは私や聖女を亡《な》き者にし、娘のジャネットを王族に嫁《とつ》がせるためだった、と。

魔族に取り憑《つ》かれた末に消滅した事実が明るみに出ると、『創聖教団《そうせいきょうだん》』の管轄《かんかつ》になり厄《やっ》介《かい》なことになる。王宮と教団の関係は良好とは言えないので、教団の手が伸《の》びることをよしとしなかったのだろう。

しかも継母は王妃《おうひ》エレノアの遠縁《とおえん》にあたり、頻繁《ひんぱん》に交流があった。そちら側への配慮《はいりよ》、または圧力があったのかもしれない。何にせよ、今回の件では黒幕であるだろう王妃への追及《ついきゅう》は敵わず、継母の単独行動ということで決着がつくようだ。

義妹《ぎまい》のジャネットは、王妃の手が及《およ》ばぬよう命を保障することを条件に、聖女毒殺未遂《みすい》は自分の犯行だと自供したらしい。北の極寒《ごっかん》地にある修道院へ送られることが決まったと、ノアが教えてくれた。

そこは一生外に出ることを許されない監獄《かんごく》のような場所ではあるが、外部からの接触《せっしょく》も難しい閉《と》ざされた院なので、王妃に口封《くちふう》じのため殺されることにはならないだろうという。

逆行前も含《ふく》め、ジャネットにされてきたことは忘れられないが、継母の変わり果てた姿に泣いていた彼女をこれ以上憎《にく》む気にはなれなかった。

ちなみに継母たちは後妻とはいえアーヴァイン侯爵家の者であったため、父も何のお咎《とが》めもなし、というわけにはいかない。

ただ、妻に毒を盛られていた事実が判明しているので計略とは無関係だったとされ、十日間の謹慎《きんしん》、それから領地の一部を王家に返上するだけで済んだ。私がノアの婚約者で、かつ被害者《ひがいしゃ》であったことも影響《えいきょう》しているだろう。

「とにかく、王妃の派閥《はばつ》から犯罪者が出たんだ。これで王妃の勢力が多少削《そ》がれた。しばらくはおとなしくしているだろう」

ノアの言葉にほっとしていると、父が私の手をとり「すまなかった」と言った。

「オリヴィア。お前には長い間つらい思いをさせてしまった」

「お父様。それは以前謝ってくださったじゃありませんか。もういいでしょう？　これからはお父様と私だけの生活に戻《もど》って、穏《おだ》やかに暮らせるんですから」

「そうだな。今後もし王家から縁談の話があったとしても、すべて断る。私にはシルヴィアとの思い出と――オリヴィア、お前がいてくれればそれでいい」

「お父様……」

父からの愛情あふれる言葉に感動し見つめ合っていると、今度はノアが軽く咳ばらいをした。父とノアが私を挟《はさ》んで火花を散らす。

ちなみにシロはノアのそばの床《ゆか》に寝《ね》そべりあくびをしている。王宮での騒動で活躍《かつやく》してくれたシロに乞《こ》われるままデトックス料理を食べさせていたら、すっかり肥えてしまった。

「まったく……舅《しゅうと》といい弟といい、邪魔《じゃま》が多いな」

「聞こえていますす殿下。誰が舅ですか」

「いずれそうなるだろう？」

まだバチバチと視線で火花を散らしているふたりにあきれる。

基本王族に忠実な父だが、ノアに対してだけは当たりが強い。これもコミュニケーションのひとつなのだろう。段々とふたりが仲良しに見えてくる私だった。

「弟とは、ギルバート殿下のことですか？」

「ああ。……そういえば、ギルバートが正式に、聖女セレナの後見につくことになった」

「後見、ですか？　婚約ではなく？」

あの王妃のことだ。ギルバートを次期国王に押し上げるために、聖女を完全に手に入れるだろうと思っていたのだが、後見とはなんとも中途半端《ちゅうとはんぱ》な対応だ。

「当然婚約の話が先に上がったが、ギルバートと聖女の双方《そうほう》が拒否《きょひ》してね」

「拒否？　そんなことが許されるのでしょうか……」

「どちらか片方の拒否であれば難しかったかもしれないが、両者だからね。王家が聖女を蔑《ないがし》ろにするわけにもいかない。結局、子爵《ししゃく》家では聖女の後ろ盾《だて》として弱いから、王族が面倒《めんどう》をみるという口実で教団が出てくる前になんとか囲い込んだ形だな。後見人と被後見人としてあのふたりに距離《きょり》を縮めさせ、時間を置いて様子をみることにしたようだ」

さっさと聖女を娶《めと》っておけばいいものを、という憎しみがこもったようなノアの呟《つぶや》きにギョッとする。父の耳にも届いたはずだが、聞かなかったことにしたようで「賢明《けんめい》な判断でしょう」などと平然と返していた。

「まあ……おふたりの距離が縮まるといいですね」

仕方なく調子を合わせておく。私は空気の読める悪役令嬢なのだ。

それにしても、逆行前とは違《ちが》い、聖女はギルバートルートを選択《せんたく》しなかったのだろうか。私というイレギュラーな存在のせいで、物語の流れが変わってきているのは間違いない。聖女の選択にもその影響が出ているとしたら――。

(私としても聖女とギルバートがさっさとくっついてくれたほうが安心だけど……人の心は思い通りにできるものじゃないし)

ギルバートルートが確定してくれれば、この先の対策も練りやすい。ふたりが思い合うようになるのを願うばかりだが、なんとなくそう上手《うま》くはいかない予感がする。

「オリヴィアが彼らを気にする必要はない。それより僕らの婚約の儀《ぎ》のことを考えよう」

ノアの有無《うむ》を言わせぬ笑顔《えがお》に「そうですね」と答えたが、不安に似た何かは私の胸に居座り続けるのだった。


次の日。父の許可を得てノアのエスコートで学園に向かった。

偽《にせ》聖女だとまた生徒たちに白い目で見られるのでは。馬車の中でそう考えていた私だが、学園に着きポーチに降り立った瞬間《しゅんかん》、そんな不安は一気に吹《ふ》き飛ぶことになった。

馬車を降りた私を待っていたのは、学園の入り口に集まっていた生徒たちが、こちらに向かって一斉《いっせい》に最上級の礼をする光景だった。

「創造神デミウルの御使《みつか》いであらせられる、神子《みこ》オリヴィア様に拝謁《はいえつ》します」

「貴女《あなた》様を排《はい》そうとした愚《おろ》かな我々《われわれ》に罰《ばつ》をお与《あた》えください」

「心を入れ替《か》え、学園の生徒一同、誠心誠意神子オリヴィア様にお仕えいたします」

「どうか憐《あわ》れな信徒の尊奉《そんぽう》をお許しください」

生徒たちの必死な訴《うった》えに感動——するどころか、私は恐怖《きょうふ》した。

(何これ、こわっ！　何でいきなり私なんかを崇《あが》め奉《たてまつ》ろうとしてるわけ!?)

傍《かたわ》らのシロが『うむ。苦しゅうない』などと言って偉《えら》そうに歩き出そうとするので、思わず彼の口をムギュッと鷲掴《わしづか》みしてしまった。

硬直《こうちょく》する私の肩《かた》を抱《だ》き、ノアが囁《ささや》く。

「オリヴィアが休養している間に、学園にも王宮での騒動の顚末《てんまつ》が広まってね。君が神《しん》獣《じゅう》を従える神子だと知り、生徒たちは今日まで戦々恐々《せんせんきょうきょう》としていたのさ」

「だからといってここまでします？」

「この世界を創《つく》り給《たも》うた神の使いを敵に回して、平穏《へいおん》無事でいられるわけがない。……と誰《だれ》もが思ったんだ。やらせておけばいい」

ノアの黒い微笑《ほほえ》みに、私の顔が引きつった。

どうやらノアは、私を偽聖女だと貶《おとし》めた生徒たちを許してはいないらしい。気持ちはありがたいが、同級生にもこんな風に仰々《ぎょうぎょう》しく接せられるとやりにくいことこの上ないではないか。

私は悪役令嬢《れいじょう》なのに、と内心愚痴《ぐち》を吐《は》きながら「皆様《みな》どうか顔を上げてください」と声をかける。生徒たちがハッと息を呑《の》むのが伝わってきた。

「私は誰のことも恨《うら》んではおりませんので、今後も以前と同じように気安く接していただけるとありがたく思います。あとこれはとても大事なことなのですが、そもそも私は神子というよりは——」

悪役令嬢なんです、と宣言しようとした。ステータスには神子と思い切り表示されてしまっているけれど、自分的にはまったく神子ではないのだと。だがそれより先に、目の前にいた生徒が感動したかのように叫《さけ》んだ。

「そ、そんな……！」

「なんて慈悲《じひ》深いんだ！」

「聖女を超《こ》えた神聖なるお方だわ！」

「え、ちょ、待っ――」

止める間もなく、生徒たちが「神子様万歳《ばんざい》！」と歓声《かんせい》を上げ始めた。

「神子オリヴィア様に祝福あれ！」

「王太子殿下《でんか》と神子様の未来に栄光あれ！」

両手を高く掲《かか》げ、涙《なみだ》を流す生徒たちの群れに、私はぼう然とするしかない。

まるで自分が英雄《えいゆう》か本物の聖人にでもなってしまったかのようだ。いまごろ創造神デミウルが、どこかでこの状況《じょうきょう》を見て腹を抱《かか》えて笑っているのではないだろうか。

ただただ気が遠くなり現実逃避《とうひ》をし始めた私の肩を抱き、ノアが愛想《あいそ》よく手を振《ふ》っている。王太子殿下の鋼《はがね》のメンタルを見習いたい。

「オリヴィア様～！」

「ケイト！」

エントランスに入ると、ケイトたち親衛隊が涙でぐしゃぐしゃな顔で駆《か》け寄ってきた。

「ご、ご無事で何よりです、オリヴィア様ぁ」

「衛兵に連れて行かれたと聞いたときは、私たち生きた心地《ここち》がしませんでしたわ」

「王宮で魔族に襲《おそ》われたと聞きました！　お怪我《けが》はございませんか？」

「心配かけてしまったのね。ありがとう、みんな。見ての通り私は元気よ」

泣くほど心配をかけてしまったのか、と申し訳なくなると同時に、心がほっこり温かくなった。損得抜《ぬ》きに私の心配をしてくれる友人ができたことが本当に嬉《うれ》しい。

「今度、皆でお茶会をしましょう。約束していたデトックスの話もしましょうね」

「オリヴィア様ぁ～！」

余計にケイトたちの涙は止まらなくなってしまったが、皆笑っているのでよしとしよう。

親衛隊にハンカチを貸してまた大げさに感動されていると、正面の階段を駆け下りてくる足音が。顔を上げると、聖女セレナと第二王子ギルバートがこちらに向かってきていた。

「オリヴィア様！　もう大丈夫《だいじょうぶ》なんですか？」

「ごきげんよう、聖女様。もうすっかり良いです。聖女様のお加減は？」

「私はピンピンしてます！　……良かった。またこうして、オリヴィア様と学園でお会いすることができて」

本当に嬉しそうに笑うセレナは、まさしく主人公といった愛らしさだった。

こんな可愛《かわい》らしい人の護衛として四六時中そばにいれば、きっと簡単に落ちたに違いない。そう思いギルバートをそっと窺《うかが》ったが、なぜか若葉色の瞳《ひとみ》はじっと私のほうに注がれていた。いや、本当になぜだ。

「あー……ええと。聖女様にあのとき回復魔法《まほう》で助けていただいたこと、心より感謝しております。改めてお礼を言わせてください」

「えっ。や、やめてください。私はできることをしただけで、それにすぐに力尽《ちからつ》きてあまりお役に立てませんでしたし」

「そんなことは――」

「あと！　そ、その……できれば、聖女ではなく、セレナと呼んでいただけませんか？　創造神デミウル様の使いであられる神子様に、様付けで呼ばれては落ち着けませんし。それに私、オリヴィア様ともっと親しくなりたいといいますか……」

もじもじしながらそんなことを言うと、セレナは親衛隊たちに視線を向けた。

「私もオリヴィア様の親衛隊に入りたいなって……」

「えっ」

冗談《じょうだん》ですよね、と言おうとしたのだが、ケイトが「まぁ！」と感激したように身を乗り出したのでタイミングを逃《のが》してしまう。

「聖女様もオリヴィア様の美を崇めたいということですのね！」

「大歓迎《だいかんげい》ですわ！　一緒《いっしょ》にオリヴィア様の美を崇めましょう！」

「いいんですか⁉」

「もちろんですわ！　オリヴィア様の素晴《すば》らしさのわかる方なら誰にでも、入隊資格があるのですから」

キャッキャとセレナとケイトたちが盛り上がり始めてしまい、「さすがにそれはちょっと……」と言える雰囲気《ふんいき》ではなくなってしまった。

（聖女が悪役令嬢の親衛隊員になるって……ないわー）

そしてノアがじっと親衛隊たちを見ているのも恐《こわ》い。青い瞳が若干羨《じゃっかんうらや》ましげに見えるのは気のせいだろうか。気のせいだと思いたい。

どうしたものかと考えていると、それまで黙《だま》っていたギルバートが「すまなかったな」と言ってきたので驚《おどろ》く。

「なぜギルバート殿下が謝るのです？」

「……お前に大きな迷惑《めいわく》をかけてしまっただろう。あの古塔《ことう》で魔族に襲われたことも聞いた。本当にすまなかった」

苦渋《くじゅう》に満ちた顔に、なんとも言えない気持ちになる。

ギルバートは何も悪いことはしていない。きっと彼は、すべての騒動《そうどう》の裏で糸を引いていたのがエレノア王妃《おうひ》であったことを察したのだろう。母の罪を、息子《むすこ》として代わりに謝罪しているのだ。

（よく考えると、可哀想《かわいそう》な人だよね……）

逆行前はそんな風にはとても思えなかったが、いまは彼の境遇《きょうぐう》に同情できた。権力のある欲深い母親がいて、その所業に気づいていながら止める力がなく、苦悩《くのう》は増すばかり。

そう考えると、ひねくれずにここまできたことは奇跡《きせき》かもしれない。三年前に王太子宮で泣いていた彼の姿を思い出し、褒《ほ》めてあげたくなった。

「ギルバート殿下が私を救おうとあの古塔に来てくださったことは忘れません。心細い中、殿下の優《やさ》しさに励《はげ》まされました。本当にありがとうございます」

私が笑ってそう言うと、ギルバートはぐっと何か感じ入ったような顔になった。

「お前は……」

「ギルバート殿下……？」

「俺が、先に出会っていれば――」

ギルバートが何か言いかけたとき、ぐいっと強く肩を引かれた。

気づけば恐い顔をしたノアに抱き寄せられていた。親衛隊観察はもういいのだろうか。

「ギルバート。わかっていると思うが、過去には戻《もど》れない」

「兄上……」

「お前がするべきなのは、未来を見ることだ。……今回は互《たが》いに婚約《こんやく》は断ったようだが、お前の婚約者の第一候補が聖女であることは変わっていない。護衛として彼女を大切にするように」

兄弟間の火花再び。以前も思ったが、私がそばにいるときに火花を散らすのはやめてほしい。

「もう、ノア様。そんな風に睨《にら》み合っていると不仲だと噂《うわさ》が――」

立ってしまいますよ、とノアの手を肩《かた》から外し窘《たしな》めようとした。

そのとき、ほんの少しグローブから出ていた彼の手首に指先が触《ふ》れてしまい、頭の中に電子音が鳴り響《ひび》く。

【ノア・アーサー・イグバーン】
性別：男　年齢《ねんれい》：16
状態：怒《いか》り
職業：イグバーン王国王太子・オリヴィアの婚約者・オリヴィア業火《ごうか》担《たん》同担拒否《きょひ》

（な、なんか悪化《ランクアップ》してる――!?）

親衛隊をじっと見ていた理由はもしかして、とノアの私への愛に震《ふる》えが走ったのだった。

それから二ヶ月後。

王宮内に建つ聖堂にて、私とノアの婚約の儀《ぎ》が執《と》り行われた。

エピローグ

王宮にある聖堂に入場した瞬間《しゅんかん》、参列した王族や国の重鎮《じゅうちん》数十名の招待客の視線が、一《いっ》斉《せい》にこちらに集中するのを感じた。

誰《だれ》もがぽかんと口を開け、私の隣《となり》を歩くノアに目を奪《うば》われている。

「なんと美しい……」

誰かの呟《つぶや》きが聞こえ、なぜだか私が誇《ほこ》らしい気分になった。

(ふっふっふ。そうでしょう、そうでしょう。今日の彼は神話に出てくる、あらゆる生命を魅了《みりょう》した美少年イーライも霞《かす》むほどの美しさだもの)

軽く横に流れるようにセットされた黒髪《くろかみ》は、メイドが張り切ったのかいつも以上に艶《つや》めき、肌《はだ》は内側から発光するかのように輝《かがや》いている。

詰襟《つめえり》の白いジャケットには金色の肩章《けんしょう》と飾緒《しょくしょ》がつき、肩から腰《こし》に回るサッシュは青、マントの裏地は赤という鮮《あざ》やかさ。凛《り》々《り》しく迫力《はくりょく》のあるノアの美貌《びぼう》を見事に際立《きわだ》たせている。

ノアが控室《ひかえしつ》にこの正装姿で現れたときは、私もあまりの美しさに息をするのを忘れてしまったほどだ。

「ふふ。皆《みな》、ノア様の美しさに圧倒《あっとう》されていますね」

カーペットの上を歩きながら私がそう囁《ささや》くと、なぜかノアに「本気で言ってるのか？」とあきれたように返されてしまった。

「君は相変わらずだな……」

「まあ。どういう意味ですか？」

「皆が圧倒されているのが僕に対してなわけがないだろう？　オリヴィア・ベル・アーヴァインのあまりの美しさに心を奪われているんだよ」

ノアにそう言われても、私はピンとこずに内心首を傾《かし》げてしまった。

確かに今日までアンたちの手で念入りに磨《みが》かれてきたし、私もデトックスに力を入れてすっかり玉のような肌を手に入れはした。メイクも王宮の侍女《じじょ》にいちいち指示を出し、完《かん》璧《ぺき》に仕上げたと自信を持って言える。

（そうは言っても悪役令嬢《れいじょう》だしねぇ）

伝統的な清楚《せいそ》なレースのドレスに、ノアとお揃《そろ》いのローブを羽織っているのだが、醸《かも》し出す悪役感は否《いな》めない。私と比べ、ノアは正統派の正しき王子といった高潔さがある。

「ノア様はご自分の魅力をおわかりでないのです」

「それはそっくりそのまま君に返そう」

小声で言い合っているうちに、祭壇《さいだん》で待つ司教の前にたどり着いた。

脇《わき》にはイグバーン王国国王と、王妃エレノアもいる。

司教と参列者の前で、私とノアは結婚の約束を誓《ちか》い合った。婚約の指輪を贈《おく》り、神聖な宣誓書《せんせいしょ》にサインをし、立会人として国王夫妻も署名をする。

「先の魔族襲来《まぞくしゅうらい》で侯爵《こうしゃく》夫人が亡《な》くなったのは、本当に残念なことです」

私に聖花の冠《かんむり》を下賜《かし》する際、王妃はまるで聖母のような顔をしてそう言った。

「これからは、私のことを本当の母と思い頼《たよ》ってちょうだいね」

駒《こま》だった継母《ままはは》を殺した張本人のくせに、と王妃を睨みつけたかった。

本当になんと恐《おそ》ろしい人だろう。まるで自分は事情を知りません、というような完璧な演技。人を殺しておいて、とても普通《ふつう》の神経をしているとは思えない。

だが、恐れて負けるわけにはいかないのだ。

私も自分は何も知りません、という完璧な笑顔《えがお》で応じた。

「勿体《もったい》なきお言葉です、王妃陛下」

王妃の笑顔が一瞬ピクリと引きつったように見えた。

負けない、という私の宣戦布告が正しく伝わったのだろう。

国王夫妻が下がり、司教が再び前に立った。

「創造と万能《ばんのう》の神の御名《みな》において、誓約は為《な》されました。若き太陽と月の未来に祝福あれ！」

司教がそう杖《つえ》を高く振《ふ》り上げた瞬間、突然《とつぜん》聖堂に強い光が降り注いだ。

聖堂内にざわめきが広がる。

温かい光は私とノアを祝福するように照らすと、やがて宝石を砕《くだ》いたような細かな輝きを残し消えていった。

「こんな奇跡が……っ」

「創造神デミウルが、おふたりの婚約をお祝いされたんだ！」

「王太子殿下《でんか》万歳！」

「神子《みこ》オリヴィア様万歳！」

ノアも驚《おどろ》き、参列者たちが歓声《かんせい》を上げる中、私はただひとり「あのショタ神……」と苦々しく呟いた。

まったく、どういうつもりだ。サービスのつもりか、それとも本当に私を祝福したかったのか。どちらにせよ、そんなことをするくらいならもっといいスキルをくれと頼《たの》みたい。

「行こうか、オリヴィア。皆が外で待っている」

いちはやく我《われ》に返ったノアが、そう言って腕《うで》を差し出してくる。

私は苦笑《くしょう》しながら「はい」と彼の腕に手をかけた。

ノアのエスコートで外に出ると、私たちを待っていたのは歓声と空を舞《ま》う花びらだった。

「婚約おめでとうございます！」

「おふたりともお美しい！」

聖堂に入れなかった騎士《きし》や貴族、王宮で働く者たちが大勢集まり、私たちを盛大《せいだい》に祝福してくれる。

群衆の中には王太子宮で世話になったメイドたち、私が囚《とら》われの身となったとき親切にしてくれた騎士の姿もあった。

「ここにいる者たちは皆、僕たちを祝福してくれている」

「ありがたいことですね……」

「彼らの期待に応《こた》えるためにも、卒業したらすぐに結婚《けっこん》をしよう。必ずだ、オリヴィア」

「それは――」

「この世の誰よりも幸せにしてみせよう。絶対に逃《に》がさないから、覚悟《かくご》しておいてくれ」

(い、言い方……)

さすが私の業火担。こんな日なのにセリフが過激だ。

背筋がぞわぞわと震えたが、これも彼の愛の深さだと自分に言い聞かせ笑ってみせた。

「もう逃げるつもりはありません。ノア様を……愛しているので」

「……ああ。世界一愛《いと》おしい、僕のオリヴィア」

うっとりと呟くと、ノアは突然私を抱《だ》きしめ口づけた。その熱烈《ねつれつ》さに一瞬理性が飛びそうになったが、大勢の人たちの前であることを思い出し我に返る。

あちこちから「きゃあ!」「素敵《すてき》!」というやけに嬉《うれ》しそうな女性の声と、男性たちの

「王太子殿下は婚約者様に夢中だな」「お気持ちはよくわかる」という感心したような声が聞こえてくる。

すぐ傍《そば》にいる父や、聖女セレナを護衛するギルバートが不穏《ふおん》な空気を放ち始めるのがわかった。恥《は》ずかしい。できることならシロに乗ってどこかに飛んでいきたい。

ノアの口づけを受けながら本気でそう思ったのに、私の足元にいたシロはくあっとあくびをしながら『卒業より先に子どもが生まれそうだねぇ』などと他人事《ひとごと》のように言った。

本当にそうなってしまいそうなので、冗談《じょうだん》でも言わないでほしい。しかもシロ用に親衛隊のケイトたちが作ってくれたデトックスケーキを頬張《ほおば》りながら。式の前にもデトックス料理をたらふく食べていたくせに。

どいつもこいつも、と思いながらノアの胸を強く叩《たた》くと、ようやく解放してくれた。

「もう、ノア様！　何をするんですか！」

「すまない。だがオリヴィアが愛らしいのがいけない」

もっと僕のものだと見せつけておかないと、と笑うと、再びノアは私に口づけた。

もう抗《あらが》う気も失《う》せて、私は彼の背に腕を回し、愛がたっぷりと詰《つ》まった口づけに応えることにした。

継母は魔族とともに消滅《しょうめつ》したが、黒幕とされている王妃《おうひ》はまだ生きている。

これからも私とノアが毒で狙《ねら》われる日々は続くだろう。

毒殺される悪役令嬢と、暗殺されていたはずの王太子。物語から退場する予定だったはずのふたりが生き延び、これからどんな人生を送るのかは恐らく神にもわからないはずだ。

私はもう逃げることも恐れることもしない。ノアとともに、細く長く穏《おだ》やかに生きていきたいから。私を愛してくれるノアを、私もそれ以上に愛し大切にしていくと決めたから。

そのためにも――。

給仕《きゅうじ》が持ってきたワイングラスで祝杯《しゅくはい》を挙げようとしたノア。私は彼の手からグラスを奪《うば》い取り、一気に飲み干す。

建国前から熟成していたのかというくらい芳醇《ほうじゅん》な香《かお》り、そして豊かな甘さが口の中に広がると同時に、私の頭にだけ経験値の入る電子音が響《ひび》いた。

「ノア様、もっともっとデトックス、がんばりましょうね！」

あとがき

こんにちは。もしくははじめまして。糸四季《いとしき》と申します。この度は『毒殺される悪役令嬢《れいじょう》ですが、いつの間にか溺愛《できあい》ルートに入っていたようで』を手にとっていただき、誠《まこと》にありがとうございます。

断罪回避《かいひ》、毒殺回避に奔走《ほんそう》する主人公・オリヴィアの、笑いありラブありモフモフありな物語、お楽しみいただけたでしょうか？　まだ本編を読んでいないという方は、ぜひそのままレジへと。どうぞどうぞ。ご遠慮《えんりょ》なさらず。

悪役令嬢という立場のオリヴィアは、中途半端《ちゅうとはんぱ》で聞こえの悪いスキルを与《あた》えられたり、望んでもいないのに男性キャラからアプローチをかけられたり、逆行してもやっぱり毒で狙《ねら》われたりと、とても不憫《ふびん》な子。本当は平穏《へいおん》で慎《つつ》ましい暮らしを望んでいるのに、頑張《がんば》れば頑張るほど真逆の道を行ってしまいます。

現実でもありますよね。頑張っても空回りして、まったく望んでいない方向に話が進んでしまうこと。それでもオリヴィアは前向きに、逆境の中でも諦《あきら》めず、大切なものや大切な人を増やしながら生きています。彼女の強さを作者も見習いたい今日この頃《ごろ》です。

本書には様々なデトックスの方法が登場します。デトックスをしながら毒を摂取《せっしゅ》しなければならないという不毛な設定ですが、オリヴィアは気にせずこれからもどんどんデトックスを続けていくことでしょう。ちなみに私がゆる～く続けているのは、目覚めたらまず温かいお茶を飲むこと、炭酸水を飲むこと、朝だけオートミールを食べることです。特にオートミールは食べ始めてから快便になり、大きなデトックス効果を実感しました！

本書をきっかけに、読者の皆《みな》様もデトックスに興味を持っていただければ嬉《うれ》しいです。

今回、オリヴィアやノアたちをとっても魅力《みりょく》的に描《えが》いてくださった、イラストレーターの茲助《ここすけ》様。表紙イラストを頂いた際、あまりに美麗《びれい》で叫《さけ》んでしまいました。素敵《すてき》なイラストを本当にありがとうございます！

また、タテスクコミックにてコミカライズをご担当いただいている瑞城《みずき》夷真《いさな》様。瑞城様の素晴らしいキャラクター原案があったからこそ、オリヴィアたちがより生き生きと輝くことができました。感謝してもしきれません。ありがとうございます！

書籍《しょせき》化するに当たり、たくさんの方にご尽力《じんりょく》いただきました。担当編集さんをはじめとした、すべての工程に携《たずさ》わってくださった関係各位に深く御礼《おれい》申し上げます。

執筆《しっぴつ》を応援《おうえん》してくれる家族と友人、そして連載《れんさい》中から嬉しい感想でオリヴィアや作者を励《はげ》ましてくださった読者の皆様に、心より感謝を。皆様からの感想が糸四季の原動力です。

オリヴィアたちの物語の続きもお届けしたいので、よろしければ今作の感想などお寄せいただければ幸いです。

それでは、また皆様にご挨拶《あいさつ》できる日が来ることを願って。

糸四季

「毒殺される悪役令嬢ですが、いつの間にか溺愛ルートに入っていたようで」の感想をお寄せください。
おたよりのあて先
〒102-8177　東京都千代田区富士見2-13-3
株式会社KADOKAWA　角川ビーンズ文庫編集部気付
「糸四季」先生・「茲助」先生
また、編集部へのご意見ご希望は、同じ住所で「ビーンズ文庫編集部」
までお寄せください。

毒殺《どくさつ》される悪役令嬢《あくやくれいじょう》ですが、いつの間《ま》にか溺愛《できあい》ルートに入《はい》っていたようで

糸四季《いとしき》

角川ビーンズ文庫　23030

令和４年２月１日　初版発行

発行者——青柳昌行
発　行——株式会社KADOKAWA
〒102-8177　東京都千代田区富士見2-13-3
電話 0570-002-301（ナビダイヤル）
印刷所——株式会社暁印刷
製本所——本間製本株式会社
装幀者——micro fish

ISBN978-4-04-112217-4C0193 定価はカバーに表示してあります。　◇◇◇

角川ビーンズ小説大賞
原稿募集中!
君の"物語"が
ここから始まる!
角川ビーンズ
小説大賞が
パワーアップ!
https://beans.kadokawa.co.jp
詳細は公式サイトでチェック!!!
【一般部門】&【WEBテーマ部門】
賞金 大賞 100万円
優秀賞 30万円
他副賞
締切 3月31日
発表 9月発表(予定)
イラスト/紫 真依